从警手记系列

李焕志 著

奇案迷踪

群众出版社

图书在版编目（CIP）数据

奇案迷踪 / 李焕志著 . —北京：群众出版社，2019. 1
ISBN 978-7-5014-5914-8
Ⅰ. ①奇…　Ⅱ. ①李…　Ⅲ. ①纪实文学—中国—当代　Ⅳ. ①I25

中国版本图书馆 CIP 数据核字（2019）第 000460 号

奇案迷踪

李焕志　著

出版发行：群众出版社
地　　址：北京市西城区木樨地南里
邮政编码：100038
经　　销：新华书店
印　　刷：北京市科星印刷有限责任公司

版　　次：2020 年 5 月第 1 版
印　　次：2020 年 5 月第 1 次
印　　张：7.25
开　　本：880 毫米×1230 毫米　1/32
字　　数：143 千字

书　　号：ISBN 978-7-5014-5914-8
定　　价：39.00 元

网　　址：www. qzcbs. com
电子邮箱：qzcbs@ sohu. com

营销中心电话：010-83903254
读者服务部电话（门市）：010-83903257
警官读者俱乐部电话（网购、邮购）：010-83903253
文艺分社电话：010-83901330　　010-83903973

素心赤胆照晚红

任牧辛

奇案侦破展智勇，除恶扬善铁骨铮。
涞涿高保流誉后，政法战线有大名。
休闲再入书山觅，公交往来北京城。
古稀抖毫感慨系，素心赤胆照晚红。

这首小诗，是我拜读了李焕志同志的新作《奇案迷踪》后的由衷感言。这已是他从警手记系列丛书的第三部了。前两部《奇案直击》《奇案实录》入围公安部“金盾文学奖”，提名保定市“五个一工程”奖，入选中宣部“农家书屋”购书目录，部部热销，多次再版。作者本人也于2017年3月加入了河北省作家协会。在作家队伍里，他俨然成了一个大器晚成的老将新兵，受到读者欢迎，赢得文友称赞尊重。这次他的新作《奇案迷踪》书稿我又有幸提前拜读，真替朋友有说不出的高兴和激动。

和焕志相识相知，已半个世纪矣！

20世纪60年代末，我从保定银行学校（今保定金融学院前身）毕业，按当时政策，被分配到保定地区磨床厂（厂址涿州）接受工人阶级再教育。焕志那时从涿州一中毕业。一中的学生还有涿州师范毕业的学生，后来不少都成了我的好工友、好朋友。李焕志就是其中一个。

李焕志，满族，1949年出生在河北省涞水县，和我同龄但生日比我略小。参加工作后，当过工人，20世纪70年代初选调涿州公安局。从一名基层民警起步，几经磨炼，屡破奇案，靠卓有成效的实绩，从民警队伍里脱颖而出，逐步走上领导岗位。历任涿州市公安局副局长，涿州市司法局局长，保定地区司法局副局长，保定市司法局副局长兼高阳劳教所所长，高碑店市检察院检察长。在政法战线摸爬滚打近四十年，为保一方平安竭心尽力，作出了积极贡献。特殊的工作环境和工作性质，养成了他严于律己、疾恶如仇、爱憎分明的铮铮铁骨和事争一流、不甘人后、不入俗流的堂堂正气。“涞涿高保流誉后，政法战线有大名”，说的就是他这段人生履历。涞，涞水；涿，涿州；高，高阳、高碑店；保，保定。凡他生活、成长、学习、工作过的地方，都留下了深深的足印和好名声。友人评价说他是“黑脸忠义之士，烈胆耿介之人”；也有人说他“平时无所好，最好是弄枪”（指热爱公安工作）。诚哉是也，我信之矣！

好“弄枪”的实践，从警多年的难忘经历，经过退休后的沉淀，最终倾注笔下，成就了他的文学之梦。这部《奇案迷踪》共由八个章节组成：（一）“稻花乡”风情与劫案；（二）断舌案迷踪；（三）行凶现场跳舞案；（四）浑江城夫妻被害案；（五）夺命双煞系列杀人案；（六）宋辽古战场凶案；（七）前门饭店枪案；（八）古镇凶案。人物形形色色，情节怪异奇特。如果说前两部他还“不计文体，不讲修辞，秉笔直书，笔随心意”，那么在这一部里，他可是一张一弛，有繁有简，文体讲究，写法创新，更具知识性与可读性。如开卷第一篇《“稻花乡”风情与劫案》，用了很长篇幅向读者介绍稻花乡的人文地理、历史掌故、名人逸事，使人读后不仅对案件本身印象深刻，还在无形中开阔了眼界、增长了见识。此外，对每个案件侦破中或侦破后，对犯罪人心理、主客观原因都有的放矢，加了一些作者的哲理评析。如在《行凶现场跳舞案》中，作者首先从自己多年办案的实践说开去，认为无论政治案件、刑事案件，“可以说案例有别，案情各异，案件既有普通、复杂之别，社会危害也有大小之差。犯罪分子的自身情况、心理状况也因人而异。如有的杀人如麻、凶残狡猾、手段毒辣；有的一念之差铸成大错，陷入犯罪深渊而不能自拔。从犯罪心理学角度仔细研究他们犯罪的成因，社会家庭对个人的心理路程影响，对打击各类犯罪，对刑满释放后的人员心理矫正都有一定益处”。如此评析，章章都有，读来受益匪浅。还有，这部书的一大显著特点就是内容真实，“每个故事都取自真实的案例”。一看就是“内行人写的，一点儿也不夸张，好看”。这和时下流行的那些胡编乱造的侦探猎奇书籍，简直天上地下，不可同日而语。

三国时期曹丕说：“人生七尺之形，死为一棺之土。唯立德扬名可以不朽，其次莫如著篇籍。”立德扬名就是做好官，著篇籍就是做文章。这两条焕志都占了。虽然官不大，但在同龄人中，在他的那些同学朋友中，也算比上不足比下有余。他看得很开，从不怨天尤人。尽管以他的德才实绩，完全应该再上个台阶的。至于著篇籍，焕志有个自白，他在《奇案直击·自序》中说：“参加工作以后，除去当了一年工人以外，我始终工作在政法岗位，其中从事公安工作就整整二十年，占去了我职业生涯的大部分时间。因此，在侦破案件中，日夜奋战，风雨奔波，殚精竭虑，呕心沥血地与犯罪分子较量的情节已经成为我终生的记忆。于是，退下来之后我产生了一个想法，干脆把时常萦绕于心的一些案件写出来，以求对自己和与之共同战斗过的那些逝去的或健在的老领导、老同志作个交代，并对仍在这一光荣岗位上辛勤工作的同志表示敬意。”就是这一“交代”一“敬意”，惹得他文思泉涌，往事历历在目。数年间，他翻箱倒柜，查阅当时的工作日记、工作笔记和破案记录，走访当年一起办案的战友同事，确保关键细节真实无误。为了提高写作水平，他还早出晚归，每天乘坐公交车去北京图书馆及各大书店博览群书，加强自身文学修养。功夫不负有心人。他不仅写出了从警手记系列丛书三部曲《奇案直击》（群众出版社 2014 年版），《奇案实录》（群众出版社 2016 年版），还创作出版了诗文政论集《燃枝集》（燕山出版社 2014 年版）。犹如一颗放着光芒的星，骤然升腾在保定文坛的上空，让人仰望、评赞、称许。

何谓《燃枝集》？作者在其《自序》里说得明白："一是因作者曾用名李燃枝，以人名而定书名；二是枝非主干，成不了大材，抑或点着了也燃不起熊熊烈焰，只不过为自己取取暖驱驱寒而已。当然，在黑暗中也可透出一点亮光，映出一些人和事的阴影。"幽默诙谐，让人喜欢。我曾对焕志说过，我很看重他的这部书，特别是那些政论文章很有分量。一是彰显了作者的博学深思，对历史、现实及未来的洞察了解，敢言人所不敢言，有大家风范；二是语言精练，还有俏话调侃，能抓住读者心理，使之耐读耐看，而且非一气读完不可；三是论之有据，言之有物，不急不火，娓娓道来。我是搞保定军校及其人物研究的，但对陈调元（民国一级上将，籍贯安新）的出身细节就是从《燃枝集》里知道的。

"古有二刻拍案惊奇，今有三卷奇案寻踪。"要言之，一言以蔽之，焕志破案有一套，是真正的民警出身的政法好干部，且满腹锦绣，文笔也十分了得。这部书稿完成后，焕志让我先看看，于是就写下了以上这些文字。记得2014年4月，当《燃枝集》出版后，我曾赠焕志四句话，今抄来，就权当本文的结尾吧——

仗剑长啸笔如椽，世事感慨景万千。

星火燃枝当为何？取暖驱寒任君参！

2018年6月21日于保定寓所

（作者系中国作家协会会员，保定军校研究会会长）

目　录

“稻花乡”风情与劫案

南宋辛弃疾词：稻花香里说丰年，听取蛙声一片。描写的是一幅“稻花乡”的田园风光。涿州也有“稻花乡”，最负盛名处是在涿州西北部与北京房山区交界处，属于自流泉灌溉的旱涝保收的风水宝地。由于稻米的香甜美味，明清两代还作为贡品进奉皇宫。因自流泉的优越条件促成了稻米的清香、酥软，入口如食琼浆，所以美名世代传扬。

早在几百年前，连外国人都见识了涿州的自流泉水和稻米。这个人不是别人，就是元代意大利威尼斯商家出生的著名旅行家马可·波罗。在他的《马可·波罗游记》一书中对涿州有大段文字描写。文中第二卷第三十一章《涿州城》中记述了他从北京（元大都）出发途经涿州时的见闻：“沿途皆见有美丽旅舍、美丽园囿、美丽田亩及美丽水泉。行毕然后抵一大而美之城，名曰涿州。”接下来便是对涿州城市繁华、商旅发达、百姓富庶的赞美和描述。值得注意的是，他在文中提到了涿州的“美丽田亩及美丽水泉”，可谓慧眼识珍宝。

其实，涿州起码有近两千年的水稻种植史和历史悠久的地下涌泉史。当年马氏从京城出发走卢沟桥到涿州，经琉璃河、胡梁河、拒马河，之后看到了涿州大地上河流密布、沟汊纵横、溪水潺潺，以及阡陌相连、畦埂如井田的美丽稻田。特别是那永不止息、水花飞溅的涌泉，肯定给他留下了终生难以忘怀的记忆，所以才在暮年的回忆里从心底发出由衷的赞叹。

“美丽的水泉”孕育出了涿州的“稻花乡”，面积达几十平方千米，涉及几十个村队。位置从涿州城的西北面始，经二十里直达北京房山区交界处。如严格区分是从州城北二里拒马河大石桥往西北，直至交界处的房山区长沟镇。这一带村庄才是真正的稻乡，这里的稻米才是米中珍品！

大石桥系清代乾隆二十五年（1760 年）直隶总督方观承奉旨修建。主桥九孔有南北引桥四十三孔。乾隆帝赐名“永济”，北引桥建有一座牌坊高过数丈，俗称“九间厅”，桥南端有牌楼一座，上面匾额和“九间厅”上的对联一样，均为乾隆帝御笔所题。最著名的为九间厅南面联：“十八省通衢冠盖如云斗大一州供亿苦；两千年旧郡河梁落日车停片刻感怀多。”而桥南一里是乾隆帝下江南时过涿州为北城门楼题联：“日边冲要无双地，天下繁难第一州。”此外在桥西北还建有御碑亭，为红木结构、黄琉璃瓦盖顶，民间俗称“黄亭子”。正面为乾隆帝御笔题名。背面为大理石碑文，近看是山形水纹，然而上面却隐藏有一奇观。站在桥顶向西北御碑亭望去，只见御碑上有一人影，着道家冠袍带履，背上背宝剑，剑柄与少半截剑鞘斜出右肩，绝类吕洞宾。往来经桥上之人观此景象，无不肃然起敬。但若复北行下桥时，碑上影像渐渐模糊，踱至亭下碑前，但见碑文凿凿影像皆无；回至石桥中间顶上回头影像又亦然清晰可见。真是令人叫绝的天下奇观！1917年华北地区一场大水，九间厅受损，牌坊被冲毁。更可惜的是，黄亭子在“文化大革命”之初的1966年被城关镇群众以“破四旧”之名摧毁，碑也被砸断，后难觅踪迹，使二百余年古迹奇观自此消亡。“长亭外，古道边，芳草碧连天”的景象，也不复再现，想来真是千古憾事。

当年此桥建成后，雄伟壮观，倒影入河，气势如虹，故列为涿州八景之一“拒马长虹”。现石桥为全国文物保护单位。

清末光绪七年（1881年），左宗棠平定新疆叛乱后奉旨进京，在涿州短期驻扎，见拒马河无堤，便令士兵修筑两岸大堤，并遍植杨柳，后世为纪念左氏为民造福，故称为左公柳、左侯堤（左宗棠曾被封为“恪靖侯”）。今日西北岸大堤仍在，百年古柳亦多有幸存。现因堤就河建成水上公园，曲径长桥、亭台楼阁、水榭俱全。河中小船、小艇游弋，游人划桨，荡舟冲浪，如入画中。大堤下古柳荫中游人在夏天张伞垂钓，雨天也有人三三两两撑伞抛钩，真是好一派潇潇细雨柳丝如烟的水上垂钓图，为“巨马长虹”景色增辉不少。涿州清末拨贡生、民国诗人周葆生（字存培，书法家），曾有诗赞道：“御碑亭畔草萋萋，十丈长虹送马蹄，绿到垂杨三百树，春风吹遍左侯堤。”正是此景之写照。

说起稻花乡的由来却是因河而兴，因泉方盛。

先说因河而兴，与涿州西北界稻花乡毗邻的房山区长沟镇再北去二十余里便是连绵的低矮山峰。因这里是丘陵与深山的衔接处，在群山中有一座并不高大的山，真是应了那句话：山不在高，有仙则名。这山因半山腰常有白云如带缭绕盘旋，经久不散，故名白带山。因有此景，世人认为有灵气，所以早在隋代便开山建寺。寺坐西朝东，从平地起依次就山势而建，步步升高，这样从平地山门逐渐升高到山半腰共计六层殿宇。殿宇恰在白云升起的云雾缭绕之间，恍如仙境。遂名云居寺，当地人又称西域寺。云居寺系千年古刹，从隋代大业年间僧人“静琬”法师开始石板刻经而闻名。寺东边有石经山、石经洞，当地人又称“小西天”。20世纪50年代初在清理原南塔废塔基时从地下发现历代所刻并埋藏的石经一万多块，80年代中期又从小西天藏经洞发现了极珍贵的佛舍利。此两处所藏石经极为珍贵，堪称佛经大全。印度虽是佛教发源地，但后来佛教式微，印度教兴起，因而佛经有的已湮灭、散失不全。但失传的佛经这里都有。因而佛教全经在中国，确切地说，在云居寺石经山。所以白带山、云居寺誉满海内外，至今香客，游人如织，香火世代相传。

白带山、云居寺坐落的位置名叫“水头村”，其名由来是从寺山门向村西北行数里上山，在群山环抱的一山洼之中有一泉水群。主泉三四眼，周围是中、小不等的小泉眼，泉水相连形成了一片水湿地，而这看上去并不显眼的泉水洼却是一条河的源头。洼地中的泉水从湿地、石头上面和缝隙间哗啦啦地流过，如同唱着欢快的歌汇向山口，因而汇集成一条小河，沿着并不宽的河道绕过寺山门向南流去，途中又汇集多处泉水，河道渐次变宽，流水变大，一直下行流经长沟镇的半壁店村进入涿州境内的冯村、夹河、大邵村、小邵村再经青岗村南汇入胡良河。这段四十几里的河，涿州、房山两地人称之为南泉水河。河虽短，但它却是稻花乡河水经过的十几个稻香村水的来源之一。在水头村泉眼群涌出的水流向南十里后与石窝镇北高家庄村的一组泉眼群汇合。提高家庄村，世人对其了解不多，但要提房山县大石窝，大家都知道那是出产汉白玉大理石和皇家御稻的地方。至今仍是闻名中外的玉石雕刻之乡。因大石窝的汉白玉、大理石首先是供应皇家。尤其是故宫太和殿即金銮殿丹墀的长几十米的大汉白玉云龙浮雕都是产自房山大石窝。因运石艰难，当初是需冬天在整修过的土路上浇水成冰，滚木运石。即使这样路上还是颠断了一块，只有太和殿这块运到了北京，后存一块因路运艰难而存在原地未动。故民间歌谣说：“大青不动二青摇，三青过了卢沟桥。”

但是一个世人大多不了解的情况是，大石窝虽出产“房山白”等品种的玉石，且外销量也大，但若论材质、质地、品相却是比不上高家庄产的玉石。高家庄汉白玉才是大理石中的上品，再有大石窝也不出产泉水孕育的御稻。大石窝名字的由来，顾名思义是石头之窝，因大量产玉所以名气大。而真正极品汉白玉大理石和御稻的真正产地却是大石窝村北不远的高家庄村。

高家庄的汉白玉大理石的开采历史，据民国年间编撰的房山县志载起码有两千年。有些人误认为，既然采石，石就在山上，实际上汉白玉的开采却是在地下。高家庄村并不大，新中国成立后有六个生产队，二百户人家，坐落在一个看起来并不起眼的小山洼里。但这个小山洼里的住户却世世代代、祖祖辈辈从事汉白玉大理石的开采及泉水御稻的种植。

高家庄汉白玉隐藏在泥土下的石板缝中，石中涌出泉水，有水的地方才有玉石。先挖开黄土层，有石，但非汉白玉，都是杂石，需层层挖，有人说甚至得挖到八层、十层、十二层才能发现汉白玉。说得虽有些玄，但可见其难。老石工的经验是，泥土下不管挖到第几层，只要挖到了铁皮石：青色、泛黑、含铁，再往下挖才是真正的汉白玉。挖到最下面石头都浸在水里，这才是上好的材质，因经千万年水浸，玉石才润滑、细腻，白中泛青有光泽，用灯一照呈鸭蛋青色。这和上好的广东省端砚也出自地下浸水的石坑是一个道理。由于历代的开采，现高家庄村最大的汉白玉石坑东西长一百二十多米，南北近六七十米，深近三十米，其他大大小小的矿坑就不用说了。

我们讲高家庄汉白玉的开采并不是为探讨汉白玉，而是为了说明正是因为开采汉白玉，才需向地下挖掘，正是因为挖掘，才发现了大大小小的地下泉眼群，而有了泉水，才开始了种稻的历史！

不知何年，高家庄村先民在采玉石时发现，凡是上好的汉白玉石都是在地下深层的泉水渗出之处，于是设法将各个冒水的泉眼水逐渐汇集到一处，形成池塘。主泉眼有三个，因是汉白玉石中冒出的水人们就叫池塘为白玉塘，又开渠引池塘水灌溉种植水稻。泉水温度低，水凉，在池塘中见天日后升温才适合水稻生长。最早的高家庄水稻因池塘小、水少，只够灌溉二三亩稻地。明代初期《燕山实录》载“房山县有石窝稻，色白粒粗，味极香美”，实际上就是高家庄稻米。清代咸丰年间《房山志料》载“房邑高家庄……白玉塘水田自昔有之。产米坚白珍贵，以其源高水洌漫灌无缺故也”，明确无误地点明了白玉塘高家庄稻米的珍贵。其米三蒸三熟，甚至四五次蒸煮后，粒仍饱满如初。皇家命为贡品后，始称御稻，塘为御塘。皇帝高兴了，可几亩稻子，能打出多少米？老百姓却吃不上了，于是想到扩大水塘，扩大种植面积。现在水塘有六七亩大，水深莫测，最深处近四十米，围有石堰，从北边能望见池水底部，南边望不见底。早年塘内有大鱼，竟常见有锅盖大鳖鱼出现，平添了不少神秘色彩。民间传说鳖鱼即鳖五百年中经劫难不死，可以脱壳成龙，于是百姓在泉边修起了龙王庙。只是沿河上下百姓对皇帝老儿封此塘为御塘不感兴趣，世代相传仍叫白玉塘，因是汉白玉的故乡，米没人叫御米，仍叫白玉塘米。现高家庄稻田已扩大到两百多亩。白玉塘泉水下流十多里经房山区半壁店、长沟西、良各庄流入涿州市的冯村、大小邵村等村，为稻花乡水源之一。

除南泉水河外，还有一条北泉水河流经涿州，这就是发源于长沟西北几里路甘池泉群。这里有东、西、南、北四个名为甘池的村庄，其中西甘池泉、东甘池泉和北甘池泉共有四个主泉。几个大泉水群围塘喷涌，水花四溅，向下游流经沿村，良各庄到长沟（现此处已建为长沟湿地，成为北京市一景区）镇南流入涿州境内的夹河村，从村北入村，经丁蒋庄、石桥、曹庄等村流入胡良河，流长二十里，而这几个村也恰是处于“稻花乡”。这段水当地称为夹河水，实是北泉河水。

涿州“稻花乡”一些村恰是利用了南北泉河水之利开渠引水灌溉稻田。但例外的是：涿州历史上起码有上千年稻米种植史的一些村除外，这就是同样以出产宫廷贡米著名的俗称稻地八村。稻地八村习惯上是指：冯村、大邵村、小邵村、夹河、大泉庄、豆庄、花园、丁蒋庄。这八个村除利用南北泉水外，还和房山区水头村、高家庄村一样，有地下涌出的自来泉，且泉水一样，即水凉、甘洌。

且不管年景旱涝，四季常年不断向外喷涌，昼夜不息。

首先说南泉河水从房山县邻村东良各庄入境涿州冯村，冯村是稻地八村之首，原名分水村，据称是明末阁老、清初大学士涿州人冯铨在此购置庄园，故名冯村。这是个大村，千多户人家，几千口人，近四千亩稻地。村西南一组泉水，名陶泉，正北面泉群叫李家泉。再往北是一个二亩多大的泉水群，名赵家泉。西北面一泉离村远，叫长桥泉。村中这么几大组泉水围塘除赵家泉外都有喷涌高几尺、粗一二尺的主泉眼，周围是小些的泉眼群，经开挖沟渠后流遍全村稻田，成了真正泉水灌溉的稻田村。

稻乡是清明育秧，近小满节插秧共四十天左右，秋天寒露节左右收稻。而稻地八村中分别有主泉眼，而主泉之外又有很多成群、成片的，有的铜钱大，有的拇指肚粗，甚至更细的泉眼向外涌水，稻地一般是稻田几处、藕塘一处，因此才被称为荷花田、花田。一到夏季，尤其是七月中旬，大片碧青荷叶，周围卷曲着向上撑起一张张如同蒲扇大的雨伞形状，粉红的花蕾，体现着“小荷才露尖尖角”的诗意，而盛开的荷花粉中透着洁白，向上张开，恰如一只只色彩鲜艳的粉彩薄胎的花瓷细碗。出于污泥，一尘不染，鲜艳无比，气质高贵。怪不得佛家也视其为圣洁之物。菩萨、佛陀总坐在莲花台座之上，把莲花视为宝座。红花、碧藕、青荷叶，三者本是同根生，同气连枝，同等圣洁。稻地八村种稻也种藕。清明种藕，是将发出一叶的藕种插入水田淤泥内，农历八月十五中秋左右即可收获。除种藕外，稻地八村还种荸荠（即今餐桌上的马蹄）农历四月后插下秧，后秋果子坐实，是在地下面结荸荠。冬天或来年正月再从淤泥里刨出荸荠，现刨、现卖、现吃。

八村中属大泉庄村泉眼最大。在村西南，主泉喷一米多高，有二尺多粗。周围铜钱大小拇指粗细的泉眼无数。围堰也高，一米多高的围塘二十几平方米。就这样稻田中还有无数细小泉眼，夏季人们在田里干活渴了，拣向上冒水处细小泉眼扒开，用手掬水便可解渴，泉水凉，正好解暑。泉眼大虽属大泉庄村，但泉水眼多则属豆庄村。豆庄村大的主泉眼不多，但细小泉眼无数。此村无水井，因水皮浅，即地表水浅，水面接近地表，地下又多为鹅卵石沙层，故多泉，经沙层过滤后水质更洁净。所以向地上冒水处用手一扒即是泉眼可喝水，故而家家都在院里扒开一个浅水坑，做饭时用瓢舀水即可，也算是井。而稻乡另一村名百尺竿村，东西长街，南面有河，小河沿街东流，故而家家门前有河水。河不宽，但迈不过去，水不深，也一二尺，哪能天天蹚水，日日湿鞋？且秋收庄稼无法入户，因此家家用几根木头架在河上，上面铺树枝、稻草、泥土成桥，这样才能赶车拉庄稼入胡同进户，因此当地留下一句民谚：“豆庄井多喝不着，百尺竿桥多走不着。”行人不进户，当然不走桥，豆庄家家院内有清泉，也算井，但公共水井没有，所以过路行人喝不着。

河中有大鱼、虾、鳖、螃蟹，稻田中鱼多，多是小鲫鱼，形状椭圆，一般是几两重，俗称鲫瓜片，最大过半斤，因稻田中水浅鱼不可能太大。泥鳅多，黄鳝鱼多，有的黄鳝长到一二尺，甚至有长到一米长的。

八村中花园村中央有一水泉，泉水喷涌如柱，颇为壮观。大池塘内常有游鱼，妇女在水塘内洗衣，是人群聚集的地方，热闹非凡。所以说稻地八村是靠地下泉水生活的，植稻兴盛史少说也有五百多年，即明代初期就很可观了，是真正的鱼米之乡。其优美的稻乡景致真如《老残游记》中所描述的："家家泉水，户户垂杨。"

这样的不靠天、只靠泉，旱天也保收的宝地，真是上天的恩赐，所以对稻地八村而言当地有民谚曰："金冯村、银邵村，铁打的泉、豆庄。"说明这里的稻子真是铁杆的庄稼，没个倒，不会坏，不会担心年成不好而挨饿。

至于银邵村，南泉水河从村北流过，经村东流十几里入胡良河。村西是花园村泉水形成的由南向北流的河，村南是利用大泉庄泉水开挖的东西流向，宽有六七米的大干渠，干渠上还建有一段渡槽流向村东后汇入南泉水河中。这样一来，大邵村四面都是河，可以说是四面环水，地形如岛，是名副其实的水乡。通向村四周有五六座石板桥和木桥。和小邵村还有石桥相连。村四面河中有鱼、虾，农闲得空常有村民撒网捕鱼捞虾。河水、泉水汇集，冬不结冰，因此不但大邵村、小邵村人在河中捕鱼，还引来下游几十里远的向阳乡、雕窝乡一带拒马河渔民三三两两摇着小船带着鱼鹰前来撒网放鹰。一时间摇船、撒网，鹰飞鱼跳，好一派稻地水乡独有的冬日渔猎景象。大邵村河中，长有芦苇、荻草、蒲草、柳树夹岸，杨树参天，因此常引来野鸭、野雁、老鹳等水鸟。甚至有别处不常见现已属珍稀鸟类的国家一级保护动物的大鸨鸟（俗名地鶴），《诗经》中唐风《鸨羽》所说即指此鸟，也常来此地。此鸟虽形似雁，却比雁体形大得多，身高近一米，体长一米，体重近二十斤，两翼展开各宽近一米，体形硕大，毛羽美丽。所以民间常说："天鹅、地鶴。"即鸟类天上飞的天鹅为大，地上栖的地鶴为大。因邵村有河和芦苇湿地，所以大鸨鸟常来河边觅食、栖息、繁衍后代。人们见此大鸟罕见也倍加珍惜无人忍心伤害，却也因此成为邵村一景。如遇机缘，偶尔能见大鸨鸟真容。

邵村是稻地八村中景色最美的村庄。邵村几个大泉水群的水田所产稻米品种，常见的一种名为"越富"，虽圆形但顶部有尖、底部有凹形缺口，色泽略发暗但光泽性强，可以说似珍珠如琉璃，玲珑透彻，清香异常。还有一种虽然成熟期较晚，但粒大，色泽显暗绿，俗名"雁过青"，煮后清汤显绿，1949 年前后北京新华东街"同福居"饭庄专进此米煮饭，以求与众不同之效，招揽食客。

稻地八村米和房山高庄村米一样，可蒸煮三次而颗粒饱满如初，不松散、膨胀，再蒸煮仍如此，所以入口才甘甜、酥软、清香，食后余味无穷。正因如此，几百年来才为皇家所青睐，定为贡米。

稻乡尤其河水清澈，一望见底，游鱼在水草中游动，在大块的鹅卵石缝间穿梭，河沿上攀附有各种贝壳类如蚌、蜗牛、螺等。秧苗在大地上平铺如毯，荷花、小荷骨朵、曲长梗上的荷叶如毯上的精美图案。清晨、月下、夕阳西下，向西望二十里即是涞水县拒马河上那一柱擎天，突兀犹如刀削斧劈高达百米的铁锁崖险峻奇峰。崖上粗大铁链垂入河中据说有神龙潜伏的深潭，锁住蛟龙，镇住水患。自此峰始拒马河岸的一渡至十渡的太行山峰如在眼前。青山如黛，白云苍狗，辉映在河水、溪水、稻田水中，如一幅天造地设的山水田园画卷。再加上小桥、流水、水石碾、茅屋人家。稻香馥馥，莲叶田田，稻香伴着荷香，沁人心脾。蛙鸣、蝉鸣、鸟鸣，眼观耳闻令人心旷神怡，如同置身仙境。

如此种种，使得稻花乡成了人们向往的富庶之地、仙境之乡。“邵村花田”也成为涿州八景之一。民国诗人周存培在他的咏《邵村花田》诗中道：“山光泼翠水托蓝，获稻分秧事事谙，十顷荷花万株柳，卜居须住小江南”，把以邵村花田为代表的稻地八村及稻花乡比作北国江南，却也恰如其分。

风水绝佳的稻花乡通灵之地，自然会孕育出不凡的人杰。北宋著名的理学家、诗人、易学大师邵雍便出生于此。因此诞生地才叫邵村后分出大、小邵村。邵雍在家乡留下了如“河水搬家，井吐莲花”等种种传说。“河水搬家”是河水改道容易理解。而井吐莲花却是罕见的异事，颇具神秘色彩。大邵村确实发生多次井中生出莲花的奇异景观，如今古井犹存，传说更是深植在人们心中。

其实如果你亲临大邵村看了那开花古井便会明白：稻田下掘半尺许即为鹅卵小石沙层，泉水自动流出，水位几乎接近地表。所以，井不用挖，只需用大鹅卵石垒起圆形井状，水自然向上冒出。为了便于用水桶打水，又在地面上垒起起护栏作用的高一二尺的圆形井台，以防雨水、脏水流入井内。井西边紧靠池塘、藕塘。藕生的颈梗有向外移动生长的习性，所以通过大鹅卵石形成的井底缝隙钻入井中，向上才三几尺的高度伸出颈梗、荷叶到井外，开出鲜艳粉红的荷花也在情理之中。但说来容易，真做到却必须有这种地形、地貌，水位接近地表又是大鹅卵石垒成井簧（井底盘）形成缝隙，再加上藕生长的移动习性，这么四五个条件都凑在一起却是难上加难、巧中又巧的机缘了。所以说大邵村“井吐莲花”堪称一绝，几百年来传颂不绝是非常正常的，毕竟这是罕见的奇观。

但时事变迁，人心不古，有的年轻后生的人生观逐渐扭曲，价值取向出现了问题。他们虽生在富庶之地，但受家乡文化的浸润日弱，受颓废之风的影响日深，道德沦丧，走向金钱至上的邪路。1989 年 12 月 5 日稻地八村夹河村同街的通河村夜里竟发生了一起团伙蒙面入室抢劫案。消息一出，举乡皆惊，舆论哗然。这是因为自中华人民共和国成立以来稻地八村很少发生盗窃案，更别说夜间入室抢劫案了！这不就是旧社会说的土匪抢劫“砸明火”吗？所以人人摇头，觉得如果是本乡人作案的话，那可是坏了稻乡人的规矩，但愿是外乡人作案。

案发地通河村，原是夹河邻村，处夹河东，两村相连，河水相通，外乡人一看只当是一个村了。夹河村的由来是南泉水河与发源于甘池泉群的北泉水河汇合后穿村而过，将村分成南北两岸，两岸人家夹河而居，故名夹河村。通河人也是如此夹河而居、枕河而眠。可以这么说：房山区长沟村和涿州通河村的分界只是一路之隔，河水相连，耕地相接，鸡犬之声相闻。

夹河宽五六米，至两岸斜坡达六七米，往时河中鱼虾多，还有鳖、蟹等。芦苇、荻草、蒲草茂密，杨柳垂岸灌木丛生。夹河村东、西、南都有木桥，通河村东、西也有桥，可以说小桥、流水、人家，户户临水，家家枕河。日夜所闻所见是河水在大块鹅卵石上滚过发出哗啦啦的水响，再加上蛙鸣鱼跳，一片北方少见的江南景象。

两村西南不远处有一个五六亩大的苇塘，村人俗称南桥眼。苇塘不但大，里面的泉眼也多，塘中心主泉直径有一米多，总是翻着水花向上冒水，冲出水面一米多高，向四外翻涌。塘四周苇荻茂盛，蒲草丛生，长有四五米高，有的地方简直密不透风。主泉外的水特别清亮，能看清塘底各色各样的鹅卵石，随水飘动的各类水草，各类游动的鱼和形态各异的水生物。

这个大坑塘的不凡之处是当年它曾救过两村几百人的命！那是1937年，“七七事变”后的9月17日。恰是农历的八月十三，马上就要过中秋节了。可日本小鬼子到了长沟镇，屠杀了东长沟、坟庄、太和庄等村四百多乡亲。与此同时，鬼子又向一路之隔河水相连的涿州夹河、通河等村庄杀来。鬼子一路到了与夹河、通河相隔几里的涿州练庄村，用刺刀挑、机枪扫射，杀害我男女老幼村民三十七口，尸体都扔进了村东的大水塘。制造了令人发指的练庄“9·17”惨案，欠下了中国人民的血债。

长沟镇枪声一响，人们情知大祸临头。夹河、通河两村人赶忙向村外跑，有的甚至向西北几十里方向去投奔房山县山里的亲戚，从而逃过一劫。而未跑向远处的二三百男女老幼便一起涌向了村西南的这个大苇塘。仗着塘大、坑深，苇荻篙草高深茂密，鬼子向村外搜索时竟然没有发现。乡亲们藏在苇塘中，老人不敢咳嗽，妇女捂住小孩儿嘴怕发出哭声引来鬼子，在忐忑不安中听到长沟和长沟西的坟庄、长沟北的太和庄等村日本三八式大盖（枪栓上带有防尘盖）步枪发出有别于其他口径枪的枪声，即响着划破空气的刺耳的回音，听得乡亲们心惊肉跳。歪把子机枪爆豆似的响着，枪口喷出毒焰，射出一串串杀害村里乡亲们的子弹。乡亲们在这大苇塘中眼望着一路之隔，近在眼前的长沟镇火光冲天，枪声大作，人喊马嘶，哀声一片，不禁心如刀绞。谁也不知是否能躲过这场灾难。

乡亲们在惊恐中熬了一天一夜，直到第二、三天才陆陆续续地试探着回家，村里除一高姓村民未逃被鬼子用刺刀挑死外，躲在大苇塘的几百人竟然奇迹般地躲过了一场大屠杀。在日寇入侵、山河破碎、有家难奔的惊恐之中挨过了这个难忘的中秋节。乡亲们当时不习惯公历纪年，至今仍能记起两村人经历的农历八月十三，成了几代人终生抹不去的记忆！

但是使人未想到的是，这个曾挽救了两村人性命的如同救苦救难菩萨显灵的福塘，几十年后竟然成了罪犯预谋犯罪的不祥之地。

下面是劫案发生的经过：

12 月 5 日晚 12 点多，市公安局刑警队接到稻花乡派出所报案称：该乡辖区通河村苑士洪家刚刚发生一起蒙面入室抢劫案，劫走大量财物，望速派员出现场。

接案后刑警队指导员张文军、副队长王光明、技术科科长张沪生立即带民警由王贵民驾车仅用半个多小时就赶到了通河村。时有乡所长吕民在维护现场并迎候。简单交谈后立即对现场进行勘查。现场在村中间十字路口北，因两岸由桥相通才形成十字路口，实际是河北岸。按村里习惯以河为界称后街，离桥向东去七八户人家的一个院落。因稻花乡土地珍贵，院房相对比平原区面积小些，户与户相隔距离也相当紧凑。小小的院落正北房四间，西配房两间，南面有放杂物的棚子，南边靠东开的院门，是安的一扇铁门看来还结实。虽是深夜，用强光勘查灯一照，院里干干净净，并不像农村有的人家院里柴火、稻草帘、稻草衫、稻草绳、脏土、杂物堆放杂乱，而是院里无浮土，除两棵树木外，整个院落无堆柴、垛草、脏土。从院里环境也可以看出主人定是干净利落之人，后来证实这一判断不差。但主人这一干净利落不要紧，也给勘查工作带来了不利因素。因当时已是农历的十一月，将交大雪节气，天寒地冻，在院内地上连浮土都没有，在冻土地上只有模糊的不成形的足迹印记，看不出大小长度更不用说鞋花纹了，痕迹无丝毫价值。只能根据东墙上有擦蹭痕迹判断，罪犯是从东墙翻进院来的，因墙并不太高，而铁门处有门垛高些，且铁门坚实牢靠。所以罪犯应是先翻墙进院得手后才开门出逃的，这从东墙翻墙处院内模糊印迹也可证实判断。北房的建筑模式基本和别家一样，是当地样式：房基底部都是用大块山石垒就，因西去十来里即是房山区半壁店附近的山区，石料运取方便，价格便宜，且坚实耐用；左右房山墙是堆垒成的泥墙，上面挂上一层白石灰壁面。这种石房基、灰壁面是稻花水乡与旱地建房的明显区别。屋顶成人字脊挂水泥瓦形态，屋正面却是青砖垒就，不是泥墙。这两点上和村民人家稍有不同；一般人家屋正面也是泥土墙白灰挂面壁，房顶就更有区别了，一般人家都是用稻草杉子，即稻草帘子形状，一层层铺上，俗名“团瓢”，现在不用“团瓢”的人家都改用烟煤焦子砸铺房顶，即结实又防雨。但不如水泥瓦既轻便又防雨，更耐用。看房子还比较新，显然是将祖传老屋翻新了。这些细微的差别显示出房主人与邻居们的稍有不同，即经济条件要好些。西配房虽存放东西不多，但也显出内外干净。

进到北房内中心现场也可看出屋里的陈设如大衣柜，几斗橱、电视机、炕箱、方桌等一应俱全，加上四壁的装饰更加深了门警对这家家境条件好些和整洁的印象。印象归印象，但现在已是桌翻凳倒，箱柜盖子朝天，各种衣物、物品扔了一炕一地。地上还扔着几团绳索和毛巾团，不用想显然是捆绑和堵塞受害人身体和嘴巴用过的，满屋一片狼藉，确实是刚刚遭遇了一场洗劫。

只见受害人是一对中年夫妇，均四十岁上下，还未从惊恐中恢复过来，毕竟天降横祸刚过去最多两个小时左右。二人都是满脸的惊慌神色，眼中都显示出游移不定的目光。面对众多民警竟然无言以对，而是慌乱地一问才有回答，问一句答一句，而且回答得也很迟疑、恍惚，显然是事发突然，精神还未恢复过来。他二人各搂着一个男孩儿，大的十二三岁，小的才十岁左右，显然两个孩子更是受到了过度惊吓，大的紧傍着父亲，两只忽闪忽闪的大眼睛中，仍显出惊恐不定的目光，小的也是紧紧搂着母亲，母亲也是双手护着孩子，好像危险还未过去，仍在极力保护幼儿免受伤害和惊吓。小儿子两只大眼满眼惊恐地望着进屋来的民警，脸上还挂有泪痕，显然当时是被劫匪的暴行吓哭了，现在还没有缓过神来。

在民警的耐心劝导和安慰下夫妻二人开始互相补充着叙述了当夜案发经过。

原来当夜已 11 点多些了，孩子们已然睡下，苑士洪、赵莲花夫妻二人因贪看一部上海滩帮会势力打斗拼杀的电视剧而晚了。剧情接近尾声，他俩也刚要收拾睡觉，几乎未听见什么动静，应是电视声音掩盖和二人进入剧情入神了而毫无察觉。突然砰的一声响，屋门被撞开了，随后噌噌噌蹿进来三个人。二人抬眼一看，大吃一惊，险些叫出声来。只见这三个不速之客都用黑布蒙着面，遮住了脸部和下颏，尤其是抢在前面的两个人，只露出四只凶光喷射的眼睛，令人恐惧。看这两个蒙面人的身形、体态，也就十七八岁的样子，个头都不高，一米六多点儿的样子，二人的胖瘦高矮还一样，都是体型偏瘦，像哥儿俩似的。可怕的是这二人手里各攥着一把亮闪闪的大宝剑，有三尺长，在我们脸前一摇晃，在银色灯光下更是闪闪发亮，透着瘆人的光。两个歹徒眼睛瞪着我们，我们当时都吓傻了。这不是刚才电视里拿长刀、操斧头打斗的情景吗？怎么人都从电视里蹦出来了？夫妻二人简直怀疑是在做梦，可这却不是梦。只见后面的一个也是二十多岁的样子，也是黑布蒙脸，可个头比这两个人高，将近一米七的样子，身条比前边两个人更瘦，头上帽子帽檐压得很低。虽然也黑布蒙脸，帽檐很低，但看得出来，这人眉眼比较大，眉毛也挺重。先进来在前面的两个人狠狠地说："不许嚷，要嚷先砍死你们!"这么一闹腾，孩子醒了，小的吓哭了。一个人把大宝剑向苑士洪的妻子一摆说，让他别哭，赵莲花赶忙去哄孩子，孩子勉强不哭了。这时另一个拿大宝剑的人，向苑士洪一摆说："蹲下。"待苑士洪蹲下后，这人说道："知道你们家有钱，赶快把钱和值钱的东西拿出来。"从这三人一进屋，二人一开口说话我们两口就听出，这二人不是当地人，是外乡口音，而且离得肯定还很远。

因为要是附近房山、涞水、易县的口音，因这里是房涞易边沿区，互相都对这几个县区的口音熟悉。可这二人口音绝对不是这里的人，这种口音没听见过，好像很远的外乡人。我们俩说家里没有钱，因家里确实没有搁着现钱。那二人一听气急败坏地说："装蒜，谁信呢！我们早知道你们的家底，看翻出来你还说没有。先说了饶了你们，别找罪受，是命要紧还是钱要紧！"接着就骂我们。可家里确实没有现钱，没法拿。那二人恼了，先用带来的绳子把苑士洪捆上。苑士洪不敢反抗，因他知道以一敌三不是对手，何况二匪手中还拿着大宝剑。赵莲花早吓傻了，炕上还有孩子，所以苑士洪只好任由被捆上，又被他们拿洗脸架上的毛巾堵上了嘴。接着他们又从屋里扯下电线绳捆上赵莲花，也用毛巾堵上了嘴。叫两个孩子用被子盖住头，还威胁说："不许哭，不许叫，要叫揍死你们。"这样两个孩子蒙住了头不敢叫喊。夫妻二人被命令蹲在地上。那二人开始翻箱倒柜，先从赵莲花手上撸下了一枚金戒指、一枚银戒指，又从橱柜里搜出了两枚金戒指，撸去了二人手上的手表，还找出了放在柜子里的一块手表；翻出箱子里现金三十五元，国库券三百元；拣好的衣服抢了几件，还拿去了几副苑士洪的厂子里发的劳保手套。又急急地翻了个二过儿，二人不甘心地问夫妻二人，你家那钱呢？怎么就这么点儿？两口子被堵着嘴，只好都摇头表示，是没有现钱了，只这么多了。二人不甘心，还在这几个箱柜和斗厨中连翻带找，好像非要找出更多现金似的。一个人气急败坏地用大宝剑背狠狠拍了苑士洪肩膀几下，对还堵着嘴的夫妻俩说：“快说到底钱藏哪啦？用手指给我们。”夫妻二人只好又接着摇头表示没有了。另一个人也在赵莲花面前用大宝剑连晃带比画，要她指出钱藏哪儿了。夫妻二人正心慌，忽然邻居家的狗叫了几声，别人家的狗也跟着叫了起来。这时只见在后面的这个从进屋就没开口说话的人连连向那两个劫匪摆手，看意思是别翻了，并用手指了指门外。一看之下，我们也明白了，他这是叫二人赶紧走的意思。可能狗叫让他以为惊动了人，怕有危险。刚进门时我们连惊带吓都蒙了，没注意到这人的表现。这时见他连着摆手，且始终未说话，狗一叫也给我俩壮了胆，我们才觉得有点儿奇怪，莫非这人是认识我们的，当时吓糊涂了没想到这些，这时一细看这人眉眼，觉得好像是熟，又好像不熟。这个不说话的高个子一见我们俩这时一齐望着他，他马上就一扭头避开了我们的目光，连连挥手意思是叫二人赶紧走，他先一步跨出了门。那两个外乡口音的人还说：“不许报案，要报了案小心你们大人、小孩儿的命。”随后他们推走了我家的日本产的“富士”牌自行车和我媳妇的自行车，以及那辆不再骑的旧自行车，共三辆自行车。他们走后我们站起来先把嘴里的毛巾从桌角蹭掉，接着到院里喊人。乡亲们来了，解开绳子，报告了村干部，村里又报告了派出所。劫走的东西共计有自行车三辆、手表三块、金戒指三枚、银戒指一枚、国库券三百元、现金三十五元，以及各类衣服、手套等物，价值四千三百二十五元。

听完了苑士洪、赵莲花夫妻二人的叙述，鉴于二人和孩子受了惊吓，可能有细节遗漏，遂安排派出所的吕民、孟俊杰等人对一家人安慰、劝导，继续让他们回忆事发经过和罪犯特征。同时由派出所副所长商学友带领到村里对情况作了进一步了解。

经村干部介绍：受害人苑士洪现在北京长辛店一铁路工厂工作，是一名技术精湛的技工。因此，前两年曾奉派随队出国执行援助建设工作，援建任务结束后随队回国。不管怎么说，在那个绝大多数人还没有机会出国的年代大家对出国都有一种神秘感。出国执行过援建工作，虽只是一名普通技工，但这在当地也是一件新鲜事，所以夹河、通河及邻近几个村都有人知晓。尤其是苑士洪出国带回来一辆日本产的“富士”牌自行车，轻便、精致、耐用，大家看着更是新鲜，还带回来一块外国表（比在国内买便宜得多，因无进口税）。而且还有知情人说，出国是双工资，即国内工资照发，在国外还领一份。到底是否这样，详情大家并不知道，但平时苑家的日子就过得不错，苑士洪回国之后大家看他家生活得更好了。根据是苑士洪的妻子赵莲花虽在中年，但人长得漂亮，为人开朗，在村里爱说爱笑，还会有腔有调地唱上几段戏。漂亮的人都爱打扮，好干净，赵莲花将屋里屋外收拾得干净利落，同时个人也很爱新潮，添置的金戒指、银戒指、手表也都不错。家里电器早就置办全了，是村里较早的，别的犹可，这戴金戒指，还不是一枚，银戒指同时或替换着戴。城里人那时戴的也不多，村里就更少了，赵莲花在村里率先戴起来，当然惹人羡慕，同时更惹人注意。加之家里在外工作，出国又有人说挣的是双工资，带回来不少钱，金戒指、银戒指就多少枚，手表多少块，还有其他许多好东西，都值钱。真有多少钱大家虽然没看到，但金、银戒指赵莲花戴出来了，手表、自行车大家也是眼见的，所以大多数人还是相信苑士洪在外工作、出国援建挣了大钱。传言像长了翅膀，在夹河、通河村传开，甚至临近的村也有知道的。金、银首饰的佩戴无形中显了真富。令苑氏夫妻没有想到的是，这一露富却被歹人盯上了，险些惹上杀身之祸。

经再次对受害夫妻询问，二人虽不能确定那个不说话的蒙面人到底是谁，但从他露出的眉眼，尤其是眉毛粗重来看，怎么看也应是个熟人，但因他蒙住了脸，帽檐又压得低，一时想不起这个熟人是本村的还是常来走亲访友的熟人，但那人肯定对我们也熟。因为我们俩一看他摆手像个领头拿主意的人时，眼光刚和他对上，他马上就扭头躲闪，肯定是怕我们认出来。他既然不敢开口说话可能是怕我们凭听声音听出他来。据此，办案组认为夫妻二人说得很在理，他们的直觉反应是可靠的。这个蒙面不语的人应该是熟知苑家内情的熟人。至于三个蒙面人的衣着打扮，如上衣、裤子、鞋子等，因事发突然，加上紧张，二人未留下印象，谈不出衣着特征和其他更有价值的情况。

仅针对以上情况，是熟人作案的可能性大。因此，张指导员、王光明队长、刘云亭队长及付玉成、孟俊杰对案情认真分析后认为：

1. 作案主犯应是熟悉苑家内情并且他们之间可能互相熟识的人。

2. 从两个在前面下手，且操外地口音，一个在后面不敢发声只用手势指挥的情形来看，应是内外勾结的团伙作案，即俗话说的家贼引来的外鬼。

因此，根据苑氏夫妻反映的三人身高、体型特征，主犯未敢发声的反常表现，确定侦破方案：

1. 王光明队长带付玉成等人重点摸排本村二十岁上下青年中有无蒙面不语人线索。

2. 张指导员、刘云亭队长、孟俊杰等人摸排夹河村有无此人。

3. 根据稻花乡生活富裕，姑娘不外嫁，联姻的多，串亲访友彼此熟悉的特点，侦破范围是否扩大到邻村，视通河、夹河情况进展而定。

侦破方案、范围、方向确定，警力分配部署后，连夜按任务分配分头行动，对二十岁上下，有偷摸行为、盗窃前科或也可能是初犯的蒙面不语人的踪迹开始了拉网式清查。因为民警们相信，只要这个家贼显了形，那两个外鬼便会随之现身。

很快，有一可疑人及其可疑迹象浮出了水面。

因为是寒冷冬季的后半夜，不便入户麻烦群众从热被窝里爬起来谈情况，所以王光明队长和付玉成组先和通河村党支部、村委会几名干部座谈。村子不大，几名村干部对村子里的青年知道得比较清楚。结合有不法行为的青年谈起，很快便提出了一个可疑的人。这个人名叫庞铁良，今年十九岁，身高一米七左右，体型偏瘦，有点儿水蛇腰，即走路晃身子，也是大眼睛、粗眉毛、长圆脸，面目倒也清秀。其实说起来，庞姓在村里算是大姓，确数耕读传家的人家。庞姓祖上还曾有人在清代户部做过官，中华人民共和国成立后也有多人在北京当干部，可以说一般庞家人都家风纯正。庞铁良家也如此，其父虽是农民，但善良、厚道、吃苦耐劳，有先人遗风。母亲也贤惠持家，邻里和睦，教子也算有方，四个儿子中三个都很本分、勤奋。大的是木工，打造沙发等家具出售。二的是瓦工，在北京房山区石化工厂建筑工地打工。三的更精明，在相邻的房山区张坊镇、十渡镇、长沟镇之间跑买卖，经营山货干鲜果品等杂项。三兄弟的能干换来了回报，其日子过得都很红火，父母也很满意。但十个指头不一般齐，这个庞铁良在家中却是个异类。他排行老四，属他最小。因为贪玩，他连小学都未念完便中途辍学了。辍学后因年龄还小无所事事，整日的活儿便是在村里、长沟镇游荡。十六七岁时，人长大了，身子长高长壮了。父亲要其和自己或跟其三个哥哥无论是谁学着干正经事时，他却一概不干，打骂斥责也不起作用，还是在外游荡，从夜不归宿，一直发展到几个月、半年、一年不进家，到北京永定门一带、涿州、保定等地混生活。按他的话说：“闯荡闯荡，混个人样。”有时回来到家里转转，衣服整洁还像个人样，可有时回来衣衫不整样子很狼狈。后来，人们听说他还因诈骗被公安局拘留过。他非但未继承祖先遗留的家风，书未念成，耕作的家风更未继承，而是成了不法青年。哥哥的劝告听不进去，父母的教育成了耳旁风，所以别人一向其父兄提起他来，大家只有摇头叹气，认为他丢掉了家风还好，可毁了家风却是给家人丢脸。村里人有时在北京永定门车站遇到他，都是和一些南腔北调流里流气的人混在一起，搭话也是瞎吹胡侃的如何如何能行，实际一看他们的境况便是说的昧心话。有个村干部老张说起，前七八天偶然在村边遇上他，还问了他一句“回家来了”。他支支吾吾没有正经搭话。老张当时还觉得奇怪，这小子平时很能胡吹，怎么今儿个说话躲躲闪闪的。当时倒未在意，现在看起来非常可疑。而他家和苑家只隔三家，在苑家西边。虽常年不在家，但从小看大，当然互相都认识。

对这一情况，王队长和付玉成非常重视。天亮后和村干部一起来到庞家了解，铁良何时回来的，待多久，和谁来的，说了什么。家人回答得很简单，就那天中午回家照了个面，自己回来的，饭没吃就走了；让他别在外面跑了，在家干个正经活儿，他根本不答话就走了。

虽然就这么个简单过程，但两位民警认为事情不这么简单。见家里墙上镜框里有庞铁良的几张单人和多人照的照片，便要了一张他的单人照片，答应帮助家里查找他的下落，督促他回家做工或务农，防止在邪路上越走越远。

家里人答应了。

掌握这一可疑线索，又有了照片，临近中午张指导员、刘云亭、孟俊杰共同碰情况时，他们也说出了了解到的一个重要情况："夹河一村民反映，前三四天一个夜间，快10点钟了，他从城里骑自行车回家，当来到村东南的大苇塘附近时，见那里有抽烟的火光一闪一闪的，好像有三两个人蹲在那里。"因当年的大苇塘随着南北泉水河上游大型机械深井地增多，水位急剧下降，泉眼如注的景象已不复见。主泉眼已像当年的中泉眼，而中小泉眼现在只是涓涓细流了。五六亩大的苇塘如今只有近二亩地大的面积。这季节已是一洼浅水，枯叶败荷，冰雪覆盖，杂草枯黄的野洼地，三更半夜谁在那里干什么？不是挨冻吗？村民好奇大声问着说："哎，谁呀，干吗呢？"奇怪的是那几个人立即熄灭了烟头却没人吭声。村民很奇怪，又说了句："大冷天的，蹲那干吗？还不赶紧家走。"（回家的意思）苇塘的人还是不搭声。村民也不知怎的说了句："真是神经病。"不想苇塘里的人骂了街："没事滚蛋！别他娘的找不自在，找揍可是现成的！"声音粗野透着股横劲儿，奇怪的是还是外地口音，根本不是这儿的人。村民一听吓坏了，外乡人大黑天蹲在那里干吗，还这么横？真是的，别找事，村民赶紧骑车回家了。

两组这摸排情况一碰，大家都很激动。张指导、王队长、刘队长和民警们分析：如果庞铁良是偶然回家，那为什么如此行色匆匆连顿饭都不吃就走？显然不是回来探家，而是可能在进行着什么不可告人之事，只是出于掩饰才做出了是回家的样子。故而回家只是蜻蜓点水，茶不饮、饭不食、人未坐，转脚即走。用家里人的话说："都未留下个屁股印。"夹河村南大苇塘夜里蹲的夜行外乡人，他们是干什么的？如果和庞铁良的归来联系起来看，里面会不会有庞铁良？这不是1937年的农历八月十三，不用躲日本鬼子，藏在那里打算干什么？从时间上来分析，庞铁良在七八天前曾在村里露面，而三四天前村南苇塘出现行动诡异的夜行人，经查那天是星期六，而案发当天是星期二。是不是可以这样大胆假设一下：庞铁良七八天前回来是踩点确认目标。他与苑家是隔几家的邻居，对苑家家境当然了解，行动前再确认一下把握才大。要真的是这样，南苇塘出现的人是在星期六的晚上，如果真是他们，那应该是选择了周六苑士洪需按惯例回家，这样劫财，包括那辆"富士"牌的自行车到手的可能性才会更大。是否因为过路村民的无意间的问话惊动了他们，因为怕惊动其他村民，才拖到了三四天后的星期二下手？

经过上述分析、假设、判断，大家认为极有可能庞铁良的出现，南苇塘的外乡人，12月5日的蒙面入室抢劫是一个犯罪活动中三个紧密相连的实施步骤，即一个犯罪证据链上的三个连贯周密的环节。根据这一判断，办案组进一步分析认为：12月2日（星期六）劫匪在村南苇塘被惊动未敢行动后一定不会选择再从夹河村向通河村行动，而会改变路线从另一个方向进村。那么会是走哪条路呢？

经和村干部调查，从北边走长沟村的可能性小，因那样既绕远又不易接近正街，因他们袭击的目标在正街上。那入村的目标还有一条道，即走大邵村经丁蒋庄村南这条路向西进村，这才是南来的捷径。于是马上向邻村，稻地八村中最东的丁蒋庄进行排查。

7日上午王光明一行几人到丁蒋庄调查走访结束后回通河村，在回来的路上偶然见从丁蒋庄村南转向通河村的那座砖窑里出来一个老头，手里还拿着两件衣服出来晾晒。奇怪了，怎么还晾衣物？难道废旧舍弃的砖窑里还住有人吗？上午从这里过去时都未注意这个旧砖窑，以为是废窑，无注意价值。见此情景他们马上走上前和老人搭话并迈进了砖窑查看。嘿，真没想到，窑里别有洞天，居然还有一个老太太。只见眼前是一个用木板、细木杆、稻草扎起来的棚子。屋上面还铺满了塑料布，看来是防雨雪的；旧砖坯搭起的土炕，下面灶台口既可做饭还可烧炕；炕上的稻草床垫很厚，看来保暖还可以；窑里还堆放着锅碗瓢盆和破旧桌椅；看来二人是在这儿搭棚安锅做饭过日子了。一问之下，果真如此。二位老人是丁蒋庄人，是老两口儿，老头姓马，因家务事和孩子们不和，索性出来在这废砖窑住下安身过起了日子。于是王队长几人干脆在旧椅子上和旧砖坯上坐下，递给老人一支烟，聊了起来。老人六十五六岁，中等个儿，满脸风霜，额头上的皱纹如刀刻的一般，圆脸上的双眼还笑眯眯的，看来他对生活的现状并不在意，是随遇而安了。他接过王队长的烟点着抽了起来，一谈之下老人还很健谈。问他这几天看没看到外地口音的人到这里来，谁知他竟说：“你这一说我还真想起个事来，前天就有个外地人上我这儿来过。”王队长几人一听不禁心里都是一动。王队长更是心情有些激动，但表面并未表现出来，而是又给老人递上了一支香烟，要老人慢慢谈。老人也看出了大家的身份，遂说道：“前天晚上大概有十点钟的样子，我和老伴还在说闲话，听到窑外面有脚步声，停在了窑外一排旧砖坯子那儿。”我觉得奇怪，大黑天的什么人到我这来了？我推开掩窑门的门板，又掀开遮风用的稻草帘，出外一看，是三个大小伙子在旧砖坯垛那儿蹲着抽烟避风。因当时风大，野地里风更大，我是好心，说那儿待着多冷啊，进来暖和暖和吧。这一说，他们三个就还真跟我进了窑。王队长等人静静地听着，并不急着问情况，而是听老人继续说下去。老人接着说：“三个人没走正路，是从稻茬地上走近路过来的。”王队长接话道：“您怎么知道他们没走正路呢？”马老头说：“他们要是从东边道上过来的，脚上没泥，可他们三个人脚上都有冰碴泥，那当然是从稻地冻泥上踩的。”王队长一听，觉得有道理，便问：“他们都哪的口音？”马老头说：“一搭话我也奇怪，先是一个人和我搭话，就是咱们当地口音，后来我问他们饿不饿，要不要吃点儿东西，这一说那两个人都说还真是饿了，当地口音的人说忍着点儿。那二人说，人家这不好意让了吗？我一听这两个人口音不是咱们这儿的，是外地口音，没听见过。”听到这里，王队长要马老头详细说一下三个人的体貌特征，老人一说，三人体貌特征竟然和前天夜间作案的劫匪非常相像。王队长身上恰好带着庞铁良的照片，还有另外三四个被通缉青年人的照片。于是，混在一起先递上那几张照片让老马头看。马老头看了都摇头。后又递上庞铁良的照片，老马头仔细端详了片刻肯定地说："就是这个人，前天夜里就是他领那两个外乡人到的我这儿，这人个儿比那二人偏高，是咱们这儿的人，他们饿了，我老伴还给他们三人做了点儿吃的，吃完后才走的。"又让其老伴儿看照片，老太太揉了揉眼对着灯光端详了会儿很肯定地说："没错，就是这个人。我做的饭，那两个人倒是没少吃，可就是他吃得少，好像心里憋着事似的，看上去吃着不香。"都说女人心细，此话果然不虚。老太太竟然看出了这人有心事，真是难得。这小子心里可不就是憋着事嘛。他哪里吃得下去！问老人他们待了多久，去哪个方向了？回答是先等着做饭、又吃饭，前后时间约一小时，吃了后向西边通河那儿去了。问："肯定吗?"答："肯定，我送他们出了窑门，看他们向西奔通河方向去的。"又问："他们都是空手吗，没带什么东西?"回答说："没见带什么东西，三人空身，只有一人穿棉大衣，后来吃饭脱大衣时还很小心，还把大衣卷起来放在我的破椅子上，我都想乐，就他那么个破棉大衣还小心卷起来怕我的椅子脏？他那破大衣也比我那破椅子好不到哪里去！"说着老人还呵呵地笑了起来。他这一笑王队长等人也笑了，而且是从心里发出来的笑。因为王队长他们这时心里已然明白，那人哪里是嫌椅子破，肯定是卷起的大衣里有鬼，卷的可能就是那两件打劫用的凶器，怕露了馅儿掉出来才这样小心。可这没法向老人表示啊，让老人开心地笑吧。

没想到破窑之遇是侦查员与那三人相隔两夜，脚赶脚到了同一个地点，猎人追踪猎物已发现了踪迹，竟然揭破了谜底，距离揭开真相只有一步之遥了。真是踏破铁鞋无觅处，得来全不费工夫。这意外的收获令王队长一行大喜过望，急匆匆辞谢了老人赶回了通河村。

两个组将情况一碰，决定：一是马上撒网对附近庞铁良的亲戚、朋友家布控、调查，看庞铁良近日是否到这些亲友家去过，以便提供情况。二是注意如庞铁良作案，那必定已潜逃，潜逃前是否经过这些亲友家落脚，是否透露过要去哪里，以便确定潜逃方向。三是立即回局要技术科复印庞铁良的照片，以便配发协查通报。四是协查重点工作先放在庞铁良经常流窜活动的北京永定门火车站、保定火车站、石家庄火车站。

方案定下后，于8日、9日，刘云亭、商学友、孟俊杰一行，先后到了保定火车站、石家庄火车站，和车站派出所沟通情况，发协查通报，要求给予支持，在清查流窜不法分子过程中注意发现庞铁良行踪，有情况及时通报。沟通情况后刘、商、孟等人还先后在保定火车站和石家庄火车站广场连续几天在候车室、售票处及流窜犯罪易于落脚藏身的角落费尽周折地查找了几天。因老孟在工作中曾和庞铁良打过几次交道，彼此认识，所以觉得在这几个地点能发现庞铁良的行踪，可惜无果而归。

王光明、付玉成一行也随后赶到北京永定门火车站，这个车站地处京南郊，慢车多，历来是全国各地流窜犯罪嫌疑人经过和滞留之地。王、付等人和车站派出所领导汇报了情况，要求协查，并至候车广场、拘留所、收容所进行了工作，几天下来也未发现庞铁良的踪迹。

看来，庞铁良一伙已潜逃，估计用销赃后所得能支撑一段时间。连续查找了一个多月，庞铁良一伙仍然踪迹皆无。

不知不觉，时间已悄悄地迈进了1990年的1月。1月下旬的一天，局刑警队突然接到乡派出所的电话，说庞铁良有新情况，村支部反映庞铁良从外地给家里来信了。王光明和付玉成立即赶到了通河村。在村办公室见到了庞家交给村支部的信，这是一个蓝色的带彩格的航空信封，里面信只是一张白纸，上面的内容只是一句话：让家里给他寄些钱或来看他。信皮上款是房山长沟镇的地址，落款却是发自山西省大同市金塘川煤矿。

回刑警大队汇报后，第二天王光明和付玉成先赶到北京，坐夜里的火车赶往了大同，天亮后到了大同市火车站。大同既是中国的煤都，又是历史文化名城。有名扬世界的“云冈石窟”佛教文化遗产。南北朝时是鲜卑族拓跋氏南迁洛阳以前建立的北魏都城，当时名“平城”。大同市火车站到大同县政府向东只有七八里的路程，便是两千多年前汉高祖刘邦带三十万大军误入匈奴埋伏，被围七天七夜的古战场“白登山”遗址。但王光明和付玉成心急火燎哪有那心情看什么“云冈石窟”和“白登山”古迹，连市容如何都顾不上欣赏，而是匆匆赶到了大同市公安局刑警大队，说明情况，请求支援。刑警大队佟队长一听，二话没说，马上派了一名司机驾一辆吉普车，随同王、付赶往金塘川煤矿。原来司机老曹对金塘川煤矿很是熟悉，出了市区驱车向西南郊区方向疾驰，一路盘山越岭，路大多是石渣路和土路，路上不断有散落下的煤块，看来还是运煤出山的路。路左右山下、山腰不时能看见村落人家和山上放牧的羊群。但山上树木不多，只是荒草，有些荒凉。整整颠簸了两个多小时，来到了一个山口，老曹说：“金塘川到了。”王光明队长和付玉成生在平原没见过煤矿，原以为是国营大矿，有井架，有厂房，谁知一看，面前的山口半腰上有一排简陋的房子，还有几间好像是办公房，半山腰有个深洞。望着二人疑惑的眼神，老曹说：“那洞口是下井的井口，别看这样，这个矿规模可以。走，找矿主老板。”这一听才知这矿是私人开的，矿主是个体老板，那几间像办公室的房子确实是老板的办公房。进去后老曹叫人找老板，说公安局有事。老板出来了，是个四十岁出头，中等个子，面色微黑，体型略胖的健壮男子，姓刘。简单谈过身份之后，王光明队长拿出庞铁良的信封尤其是照片来要其辨认。“这个人在不在你这里？”刘老板一看之下便说道：“有这个人。前二十多天的光景了，这小子到我这里来，问有活儿干没有？我说，你要干就有活儿就看你干不干！他说，什么活儿呀？我说，我这儿是煤矿，除了下井还能有什么活儿？他说，地上面有活儿吗？我一看这小子高高瘦瘦的也不像个常干体力活儿的人，不定是为什么来的呢。这种人我这儿也见多了，哪来的都有，外省的人多，听他口音也不是我们山西人。我对他说，你看这地面上，除了人住的几排房，用得着人干活儿吗？他一听，没辙了，就下了井，谁知干了顶多十来天就跑了，已跑了有十多天了。”老板一边说一边还生气地骂道：“真他妈不是东西，当初不应该留这个祸害。”王光明他们见刘老板情绪激动，便追问说：“怎么回事？怎么是祸害了？”刘老板又恨声连连地说：“这不，他十多天前跑时，还顺手牵羊偷走了我的一个单卡录音机，还有我一件上衣，兜儿里还有一百几十块钱呢！真不是个东西！”老板好像找到了倾诉对象，连续泄愤地骂着。问他录音机价值，他说虽使了一年了，也是几百块钱买的。听到这情况后明白了，庞铁良肯定是认为，犯案后公安局绝对得怀疑他，迫于逃避打击，才无奈潜逃出省，潜伏于此，想避过风头。可他哪里是能忍受下井挖煤苦生活的人，所以在等家人寄钱无望后不辞而别，临走还不忘行窃，又偷了老板。

金塘川煤矿扑空了，王队长和老付、老曹又经两个多小时，赶回了大同市区。回原路时望着路上除了拉煤的车往返外，没有行人，四外荒山，空空荡荡，二人的心也沉重起来。心里都在想，这次扑空了，这个姓庞的，一下子竟然接山隔水逃窜了千里路来到了山西偏僻难寻的煤矿，不知现在又流窜到了哪里，只有先赶回去再说了。回到市里感谢了大同市公安局刑侦大队的无私支援，第二天，王、付二人从大同坐火车返京赶回了涿州市。

一晃又两个月过去了，庞案还是毫无进展。

进入4月，刚过清明节，正是春寒料峭时节，乍暖还寒，天气还是这么阴冷。突然在4月8日这天刑警队接到了邻县涞水县刑警队打来的电话，说他们抓了一名在县医院偷自行车的盗窃犯，交代是涿州通河村人，在原籍还有案，要我们接回并案处理。刑警队一听大喜，庞铁良这小子又潜回来了，在涞水县落网了。老对手王光明队长和付玉成立即奉命赶往西面八十多里地的涞水县公安局押解犯罪人。到了涞水县公安局简单接洽后，办了交接手续，便到涞水县看守所领人。等把庞铁良押解出来一看，王、付二位民警简直不敢相信自己的眼睛，这是庞铁良吗？仔细和照片比对，没错，是他。只是原先掌握的情况庞铁良是瘦高个儿，大眼浓眉，只是现在形消骨瘦不成人样了，好像一走就打晃的样子。这大眼浓眉还有，只是眼窝深陷，脸上瘦得像猴，两腮无肉，只是两个大眼珠子在眼眶里骨碌碌打转，显示着还有活人灵气。一看他的衣着，上身是一件分不出是灰还是白的旧夹克衫，劳动布的，已失去了原来的颜色，里面套着一件像是红又像紫，同样分不出颜色的破旧秋衣，下身是黑裤子，脚上是一双破棉鞋，这样冷的天他竟然没有棉衣服。一搜查才发现他浑身长了虱子，马上带他到厕所脱衣服，把虱子抖一抖，结果发现他下身是三条单裤套两条秋裤，一抖裤子和内衣，上面的虱子竟然哗啦啦地在地上落了一层，真把人腻歪坏了。问他在哪里招来的虱子，说是在金塘川矿上地铺十多个人睡一个炕招来的。看来他虽怀揣金、银戒指和手表，却落魄狼狈到这副形象，遂当天押解其返回了涿州。

回涿州后对其审问，庞铁良详细交代了作案经过。这次劫案的起因是：他在保定流窜靠偷摸为生时，在火车站结交了同是流窜犯的邢台地区任县人金建国、石家庄市获鹿县人王海波。三人谈起到哪里可以弄一笔钱，庞铁良说他们村有个人出过国，带回来不少钱，还有外国自行车，媳妇儿光金戒指就多少个，于是他们决定抢苑家。为此三人专门到白沟市场买了两把三尺长的大宝剑。为做到心中有数，庞铁良以回家为由潜回通河村。先在中午左右，各家正在吃饭街上行人少时从苑家门前经过，观察了院门、院墙并无变化，又向院内做了窥探发觉也无大的变化，心中有了底。因碰见了村干部，便假作回家转了一圈就走了，父亲规劝的话他根本就没心思听。午饭是在长沟一个狐朋狗友家吃的。回来他和金、王把踩点情况一碰，决定12月2日即星期六行动，这天苑士洪肯定会骑了日本“富士”牌自行车回家，这样这天除能抢到财物外，“富士”牌自行车准能到手。谁知在村东南大苇坑潜伏时遇到了村民问话，最后金建国骂了街，那个村民被吓跑了。庞铁良对金建国一个劲儿地埋怨："你这一骂人家肯定听出你是外乡人，回村叫人来和我们算账，我们这三人哪行？"三人一想不妙吓得赶紧返回了涿州城。其实村民回去未言语，未拿这件事当回事，三个歹徒虚惊一场，还逃走了。过了几天，他们觉得风声已过可以动手了。但庞铁良认为这次不能走原路，于是从大邵村向北打算转西进村打劫，但未敢走正路，因沿路上总是有骑车人，庞铁良怕碰见熟人露了馅儿，于是从稻地里斜插走上了奔通河村的大路口，这才有了在砖窑和马老头夫妻相遇的一幕。当晚，他们对苑家进行了蒙面入室抢劫。

民警问打劫后情况。庞铁良说，打劫后三人骑三辆劫来的自行车连夜到了高碑店，在火车站一个小旅馆分了赃，"富士"牌自行车归自己，金、王二人分那两辆自行车，三人各分一块手表，两个金戒指和三十五元钱以及一件衣服归自己，那个银戒指和三百元国库券和其他衣服、手套归了金、王二人。民警问他为何没要国库券，他说怕不好兑换。这样，分完赃后他们就各自东西胡混去了。事后不放心，庞铁良向长沟一个经常行窃的朋友发信问情况，才知道公安局出动查得很紧，这才害怕了。他便从涞水、易县、涞源一路连偷带摸到了山西浑源县，在浑源的北岳恒山和悬空寺风景区游荡时，见寺旁有古董市场，便出卖了金戒指和手表。后来到了大同市，吃喝玩乐没多少天，便把钱花完了，又卖了"富士"牌自行车。没过几天他没办法才去了金塘川下了煤窑，因为那里不问人来历，只要能干活儿就行。原本他打算下煤窑躲些日子也好混碗饭吃，可是下窑后才知道，窑里条件落后，纯卖力气挖煤，不但脏累，还有塌方的危险。庞铁良一想一旦出事了，死在这里都无人知晓，准成冤死鬼，于是才向长沟镇的朋友写信，要朋友捎信到家里要钱，或家人来接他走。他后来一想，虽然朋友捎信家里知道了，但是恐怕村干部也会知道，那样公安局就会来抓，一想不行得赶紧逃，于是才有了偷煤矿主刘老板一幕。他从大同又循原路浑源、涞源、易县、涞水逃回，打算去天津一带转转，可是没钱了，只好又偷，在涞水县医院偷自行车时被逮住了。

民警问庞铁良两把大宝剑何在，庞铁良说当天作案逃走后，为了灭迹就扔在夹河村北一个深水井里了。

听到这里，王光明、付玉成、刘云亭、孟俊杰等人遂带庞铁良赶到了夹河村。村干部陪同到村北一看，原来这个井不是一般砖垒成的井，而是新式的插入水泥管打成的深水井，井口直径不到一米，而且很深，根本下不去人，井管还没有一般人身子粗，怎么办？这时有人出了主意，村里废品收购站都有大吸铁石，拿来吊到井里吸吸看。王光明和刘云亭看到拿来的磁铁块头太小，还是村干部提出将村里架设的四个大高音喇叭上的磁铁卸下来两个，把三块磁铁用绳子捆上放了下去，在深井的水里来回晃。你还别说，这招儿真灵，还真的吸上来一柄三尺长的大宝剑。又放下去，一会儿，另一柄也吸上来了。这样，抢劫案的凶器找到了，案件告破，但赃物、款项罪犯都挥霍了。庞铁良归案了，但王、金二犯仍在逃。刑警到石家庄市获鹿县去查找王海波下落，巧了，这小子因盗窃正被押在收容所，于是押回涿州归案处理。去邢台地区任县查找金建国下落，他流窜在外线索中断，只好与任县刑警队介绍了案情和金建国的特征，随时注意联系。

5月、6月过去了，金建国仍无下落。7月中旬的一天，任县刑警队来了电话，金建国在任县城内盗窃时被抓，要涿州去接人。随后金建国也被押回涿州归案，至此全部案犯被羁押归案。

“稻花乡”通河村蒙面入室抢劫案发后，通河、夹河村家境殷实些的人家纷纷加固院门和围墙，更多的是到长沟大集狗市上买来了狗，以求报警守家。一时人心浮动，整个稻地八村也颇受震动，影响极坏。直至四月初庞铁良归案人心方安。到7月中旬三个案犯全部落网，正是“稻花乡”大地秧苗如毯、荷花盛开之时，使得“山光泼翠水托蓝，十顷荷花万株柳”的稻田水乡又现一年一度的勃勃生机。

断舌案迷踪

尽管刑事案件的表现形式形形色色，过程千差万别，情节千奇百怪，但是断舌案却极少见。然而，案件的侦破过程却并不复杂甚至与其他案件的破获过程有些雷同，别看破案手法简单却立见成效，使犯罪嫌疑人常在短时间内即被擒获。

1972 年初夏的一个中午，骄阳如火，青纱帐已长到接近人半腰。地里的高粱秸秆长得青绿挺拔。顶端的高粱穗也是青灰色宛如粒粒的葡萄籽，若要转成火红的颜色需到秋后。高粱秸已超过人的身高，农民在地里干农活等于隐身于其中，如有意外发生不易被人发现。这天中午，正是午饭过后。在涿州市东北乡马庄村西的庄稼地旁，一年轻歹徒张柳见该村女青年马艳花在路旁高粱地内捋高粱叶子（编织蒲团用），这个寻机作案的歹徒认为天赐良机，遂跳入地内突然锁住马艳花的喉咙，往青纱帐深处拖。马艳花虽拼力挣扎，但被勒住喉咙呼吸困难，已无处用力。这种锁喉拖拽最可恶，如从背后用绳索勒拽，那便是常说的套白狼了。可现在马艳花的难受程度也和遭套白狼差不多。马艳花被拖拽二十余米后，已至青纱帐深处。歹徒张柳自认为此处已远离大道，不易被人发觉，遂迫不及待将马艳花撂倒在地，撕衣领、摸乳、亲嘴，轻狂之下又去撕扯马艳花的衣裤，欲行强奸。当歹徒手臂脱离喉咙后马艳花刚喘口气即遭到如此侮辱，不禁又羞又恼。这个未婚妇女刚满十九岁，身材好，长得也漂亮，是村里的女民兵排长。在那个年代强调的是要敢于和阶级敌人与各类犯罪分子做斗争。遭此大辱她早已怒火满腔，见歹徒又扯自己裤子，便拼命反抗。搏斗中见歹徒在欲火燃烧下已近癫狂，搏斗、挣扎已不是歹徒对手。马艳花已明显体力不支，歹徒仍在撕扯她的下裤，还在她嘴上疯狂地亲吻。面对面目丑恶的歹徒喷着烟草异味的臭嘴，马艳花恨极了，索性张开口。歹徒狂喜，乘机将舌头伸入马艳花的口中。咔嚓一声，歹徒舌头被硬生生地咬断了。张柳一声悲号，如狼似鸮，疼痛难忍，顾不得向女子报复，仓皇逃去。

马艳花脱身后马上到乡里报案（当时叫公社革委会），乡里上报到局里。局里在派人勘查现场的同时，即根据马艳花所反映的案犯体貌特征做出布置：即向全县各乡镇通报情况，要求各村的赤脚医生、卫生室、各乡镇卫生院及县医院外科门诊的医务人员，注意发现医治舌头的人。考虑到歹徒可能为逃避打击转而向外县求医，县局又分别向周边县局通报案情，要求协查，在医院、卫生所进行布控。这些部署在那个年代，通过县局的几部电话机，几十分钟内即完成布置。

仅仅过去了两个多小时，捷报传来，这个多次作案的犯罪人张柳在邻近涿县的北京房山县琉璃河车站铁路卫生所求医时被抓获。看来犯罪分子在痛极的情况下竟然还多了个心眼儿，即不在涿县本地求医，也不在琉璃河镇卫生院求医，而是跑到铁路卫生所。这一点其实我们也想到了，因考虑到北京市房山区的良乡属外地，与我不相归属，当时铁路又是最便捷的交通工具，所以在和地方上联系的同时，我们和琉璃河铁路卫生所、丰台铁路医院等都进行了联系，并和入京必经通道永定门铁路派出所进行了沟通，要求注意发现进京的断舌人。犯罪分子在作案仅仅三小时后即被擒，是在我们的可控和预料之内。

但是，这类案件的发展不会是一成不变的，循旧例有时也会行不通。下面我们讲的这个案例便说明了这个道理。

距上面案子十多年之后，1985 年的 1 月 23 日，此时已进腊月，天寒地冻。这天夜里 12 点 50 分左右，城东十余里的塔上乡派出所黎所长忽然打来电话，该辖区刚刚发生一起强奸案，歹徒被受害人咬断了舌头，现受害人来报案，望速派人勘查。

接报案后，刑警队孔凡瑞队长马上召集法医和技术科民警张津生、李丙彦、李晓坡及驯犬员王建国、吕民带上德国种追踪犬“灵芳”、鉴定犬“落鹏”赶赴塔上乡派出所。

十里多的柏油路，眨眼间我们便赶到了。黎所长带人迎上来并介绍受害人冷怀英和大家见面，这时已是下夜1点多钟了。冷怀英一米六以上的身高，在女同志中算得上是中等以上个头了。三十岁上下年纪，胖墩墩的体型，健壮利落。圆脸，大眼睛，面色红润整洁。冷怀英虽然刚刚经历了人生罕见的一场突发变故，但表现得却是神色自若、毫无惧色。她的衣服和头发丝毫不乱，没有受惊吓后的紧张神态。我们不禁暗暗称奇，真是一个女中丈夫！她不但保护了自身未受侵害，还把犯罪人咬伤，致使其逃走并留下了关键证据。

要她说经过，她讲到自己是乡政府北边一里地的冷庄村人，在三里路外的社办工厂上班。厂子生产的是缝纫机架，她是油漆工。每天晚十二点下夜班。今天到点下夜班后从乡政府往西的柏油路下道骑自行车向北拐向回家的土马路。我们知道，冷怀英讲的虽是土马路，但这却是乡间公路的正道。因20世纪80年代经济条件差，乡与乡镇之间还未能通柏油路，这条路是从塔上乡通向北边向阳乡的。接着又叙述说，她骑了一段路后，到了离村里不远的土路上，东边二三十米的地里是长着几十棵小杨树的树林。正这时听声音是后面骑车过来个人，她当时并未在意，也未回头。可后来这个人把车子往马路东边沟里一扔，就上来把我揪下了车。我说：“干什么？”他反问说：

"你说干什么?"我见他不怀好意，就说:"大月黑天的你干什么?我要喊人了。"他却说:"你喊吧，随便!"我见他不在乎，往四外一望，可不是吗，这是月初（农历）连个月亮都没有，黑蒙蒙的半夜三更哪有人影。这时这个人就连推带搡地把我一直推搡到小树林边，开始扒扯我的裤子。我和他告饶，说好话，他不言语，不理茬儿。我一想，不能受他的害，得先稳住他，就对他说:"要不你上我们家去吧，你看这就是我们村（我确实是往前走一小段就到家了)，我男的不在家，在外打工，这么冷的天，在这野地里怎么干这种事呢?"他一听有些犹豫，可能认为我好欺负。我想尽量拖延时间，他也没搭茬儿，就开始摸我胸，又要亲嘴。我说你亲亲嘴就得了，我没反抗，假装顺从他，脑子里想怎么想个法儿跑开。这时他把舌头伸进了我嘴里。也正在这时，路上从南向北过来一辆汽车，大灯在夜里显得很亮。那人一见灯光可能有些慌，想往外拽出舌头。我一见有车来，又有灯光给我壮了胆，我使上全身的力气狠劲一咬，那人一痛把舌头往外一拽，咔一下舌头就被咬了下来。

我原意是假装顺从咬痛了他好跑，好脱身，没想到真的给咬了下来。冷怀英说到这里，好像才意识到有些后怕，她停顿了一下，稳定了下情绪继续说。那人当时向后退了两步，我听他含混不清地骂了声好像是"操你妈"这么一句，之后扭头就向路边他扔车子的那儿跑去，扶起车骑上向北跑了。我一看，也赶紧跑上马路冲那辆汽车喊救命，可那辆车没停开走了，奔向阳村那儿走了。在冷怀英叙述中民警们又问她在灯光下罪犯自行车的新旧程度，车上有没有东西？她答道：“在汽车大灯照射下看车子是旧的，因为新车反光，这辆车没一点儿光，车子后边带两个花筐（即荆条编织的筐一边挂一个的意思）是带色的，上面装的好像是黄色的泡泡糖，每根都是常见的那种一米多长，细擀面杖粗细，顶上有弯的拐棍糖。”她这一说民警们都听明白了，冷怀英在遭变故的情况下，观察得还很细，真是心思不乱才能做得到。她说的就是小贩们常卖的那种膨化泡泡糖。看来罪犯应是走村串户、赶集上店的小商贩。并以此为掩护，夜间作案。在民警的引导下，要冷怀英再谈一下罪犯特征。她讲道：那个人个头比我高少半头，这是他站我面前时感觉到的。不胖不瘦，说话就是当地口音。他跑时灯光一照看他穿的是黑色棉袄，别的时间短没有留意。年龄上得有三四十岁的样子。面庞记不住，时间就是灯一亮就看见是一张平常人的脸，没什么特征。这时黎所长又让民警们看放在桌子上用纸垫着，手帕包裹的半截舌头，血淋淋、紫乎乎的一块。看这样子的半截舌头，民警们有的是生平第一次。原来冷怀英敢作敢为，并没有直接回家而是将咬下来的罪犯舌头吐在手帕上直接拿来派出所报案，真是奇女子。

有了这一关键证据，孔凡瑞队长和民警们心里有了底。鉴于天黑视线不好，决定先休息天亮再勘查现场。于是到了清晨六点多钟，天蒙蒙亮，孔队长、李丙彦等并带两只警犬到现场。果如冷怀英所言，现场东边路沟有罪犯扔下又推车逃走的车子与地面拖擦的痕迹。因地冻虽显模糊，但细观察仍能看出痕迹来。到东边地小树林旁，有二人模糊的足迹，还有拳头大面积的一摊血迹。一问冷怀英解释说这是他吐舌头时啐出的血。民警遂带犬追踪，只见现场有滴答前行的血迹，正是从推车处向北每隔几米便会有一滴血，这样循血迹追踪到北边六七里的向阳村南的拒马河大堤上。又向东追一段路才不见了血迹。复顺路向东追踪，一直到了二里外的雕窝乡拒马河大闸口处，也未见任何血迹和踪迹，至此线索中断。

勘查完现场，马上集合回局里。到局里后未立即分析案情，按惯例马上通知全县（当时还未划市）各乡镇卫生院、各村卫生室，县医院外科，注意发现断舌人来诊治先控制住人或先报警；并按惯例向周边北京市房山县和大兴县、河北省邻近的固安县、涞水县、新城县作了协查通报，请配合布控发现犯罪人。

以上这一切布置好后，即像以往破获断舌案一样，静等罪犯撞网的回音，同时马上分析案情。据勘查现场和受害人冷怀英的叙述情况看，犯罪人当地口音，身高应一米七左右，年龄在三十大几，四十岁左右，上身穿黑棉袄，普通人面相，即平常人的一张脸，有些大众化，因无明显特征，谈不上貌丑美，太过普通到无法描述。但从骑旧自行车带花筐卖泡泡糖来看，应属农村中不爱从事农业劳动只是赚个活钱生活的这种人。因本小利微生活不会太富裕。案情分析会上，技术科同志提出，今年夏天的七月份，就是半年前，现场北边靠近卢场、梁场、雕窝村的三角地带也曾发生一起强奸案。是午后二时多，赵场村的四十余岁村妇孟某正在地里弯腰锄麦茬玉米苗地，忽然从身后有人把她两腿抄起，因孟某身材瘦小，竟一下被放倒摔了个前趴。孟某还不知道发生了什么事，那人随即把她摔前趴后迅速一翻身扭了个仰面朝天。还没看见什么，又被人撩起她的上衣遮住了脸和上身，随即又扯下她的裤子实施强奸。那人始终不发一言，几分钟后完事。等那人走了，受害人孟某才坐起身看，见一人往西边道上跑了，道边有他的自行车，车后筐里带的也是黄色拐杖状的泡泡糖。受害人只见那人背影，看不见面貌，据受害人说整个过程就像做了场噩梦一样。锄完地后她才报案，所以现场环境受损，未能发现足迹。分析认为从自行车上带黄色（冷怀英反映也是带色，像黄色）泡泡糖来看，好像和这次的断舌人是同一案犯。而且案犯应是惯犯，在白日、黑夜拦路强奸绝非一次。因从现场孟某受害一案看，罪犯竟然在光天化日之下作案，而且手段残酷无情，行事熟练快捷，全过程未发一语，冷漠阴毒，犯罪后马上逃离现场，交通工具都是那辆带黄色泡泡糖的自行车。

因此，极有可能就是这个断舌人作的案。报案的虽只一起，按凶犯的胆大妄为不会是一起，很可能是有的受害人出于各种原因未报案而已。

分析会后立即派员到各乡镇，尤其是现场东北方向的乡镇去指导排查。

奇怪的是一天、二天、三天过去了，五天、一个星期过去了，竟然没有回音。这太反常了，三几天就应有回音，那么重的伤难道他不求救治而等死吗？半个月过去了，仍杳无音信。这样，门诊救治这一网竟然没有罩住犯罪人，那么就只好发动力量追查辖区哪里有断舌人了。在短期内断舌的人，属于非常罕见之例，应该是隐藏不住的。可是又是一个月过去了，辖区内还未反映上来，这样只好向周边县市摸排了。摸排方向选择罪犯逃跑方向，即雕窝乡、义和庄乡和再往东的固安县摸排。

两个多月后，这已经是1985年的4月下旬的清明节后，天气转暖，百花盛开，春天万物复苏也给破案带来了希望。这一天刑警队孔队长、杨副队长带民警到了和涿县东部接壤的固安县宫村镇。这是固安县西部边界的一个大集镇，正处在112线国道上。孔、杨队长和民警先在宫村镇由镇派出所协助召集全镇村治保主任开会，会上公布了案情和细节，请协查了解断舌人。孔队长刚介绍完案情细节就听一位治保主任对另一位说道：“哎，我说老王，你们村前段不是有个人被人割了舌头，半个月死了吗？”老孔赶忙问情况，那位被问的王治保主任说：“我村前段时间儿是有个人被割了舌头，听那人爹妈说是吃不了东西活活饿死了。”闻此情况，孔、杨二队长大为惊诧。不敢怠慢，立即宣布散会并带民警和村里王主任一起，风风火火赶到了这个离宫村东北十里路远的柳林村。这个村子不大，只南北一条正街，是坐落在永定河由北向南转向东流的南大堤下的一个村。在村边，孔、杨二队长不急着进村，而是先仔细观察了这个村的地势，不禁暗暗点头。只见北边是永定河岸高高的大堤，状如卧龙蜿蜒于眼前。只是这条卧龙在奔腾呼啸之间，本来昂首由北向南，可到了这里之后突然停下了前冲势头，一掉头来了个摇头摆尾，头转向了正东，尾甩向了正西。即本来南北走向的大堤突然成了东西走向。这个村的西北边几里的邻村恰是涿县有名的义和庄乡长安城村，这个村颇有来历，是西汉年间汉元帝初元五年（公元前44年）所置阳乡侯国封地，与同年被封的远去西北方向约七八十里路的西乡侯国（也属今涿县境内）向东南遥遥相望。中华人民共和国成立前属宛平县，后归属涿县。这里沿大堤北去向北京卢沟桥方向再行二十余里，便是那著名的乾隆年间修建的水利泄洪工程，被称作金门闸（闸门钉系铜裹）、银锭扣（闸门下泄水的石条铺就的坦坡系白色如银的铸铁银锭扣镶嵌）、镇水的石狮和神牛的十五孔长达百余米花岗岩大石闸俗称金门闸。闸设十四座鸡心垛墙，每座垛墙上各有绞关石四根，为提闸放水的设置。金刚墙和雁翅相接处镇水的石狮和神牛伴随着永定河水的起落近三百年来仍在静静地履行着守卫之责，在暮色苍茫中仍显威武雄壮。金门闸南侧立有乾隆皇帝关于建闸纪事的御碑和御题诗碑，以及宣统元年永定河道台详述疏浚河道、重建大石闸始末的记事碑。巍然壮观，现已定为国家文物保护单位。

金门闸北邻属房山县和良乡过去也曾为宛平县境。大堤东岸属大兴县，西岸属涿县。大堤急拐弯处堤北为大兴，堤南为固安县境。这里属永定河故道和泛滥区。故而土壤沙化严重。多沙丘、沙柳，宜植枣树和固沙柳树，故时而见成片枣林和沙柳丘。土地盐碱性大，以前村人多熬皮硝和小盐（土盐）度荒年。沙柳条可编成笸箩、簸箕、抬筐、柳条斗、井水罐等农用器具。因地处数县交汇处，土地傍河、大堤下小路纵横交错，正道不多。且堤岸林深茂密，芦苇、荻草、灌木、沙堆、柳丛密布，村落、人烟相对稀少，故行人至此莫不感到苍凉孤寂。以前这几县交界的永定河畔民风彪悍，由于地处偏远，地形复杂，因此常有外来不法之徒隐匿，时与本地歹徒勾结，不时作奸犯科，直至发生抢劫凶案。只见这柳林村，恰在大堤拐弯处的沙丘柳林丛中，可谓鸡鸣三县，犬吠四岸，称柳林确实是名副其实。虽然位置看起来很偏僻，可是它紧邻着宫村这个大集镇向西南抄小路几里紧贴着涿县的州县庄村（因跨州连县故称州县庄，涿县古为州治）便到了通衢大道112线国道，进入了涿县。过堤北便是大兴县，过金门闸便是房山县，退回来便是固安县。位置虽偏，但交通并不闭塞，成了前出可奔国道，后退则隐于柳丛，既方便又隐秘的所在。看罢地势又联想到了这里的历史渊源，风土人情，孔、杨二位心里已然有数，这才随村里王主任一同进村。到了村办公室落座后，王主任向民警介绍了情况：“村里这个被人割了舌头的人叫薛奎（乳名大奎），去年

（指春节前）腊月里突然死了，家里要发丧葬人。大家奇怪，四十多岁的人，身体棒棒的，怎么几天不见就死了?”一问，他父母才说道：“年前腊月初被人割了舌头，说是欠人钱还不了账被割的。”我们当时听着也新奇。竟然会发生这种事，怎么竟没有报案呢？因不能吃饭光喝水，实际上是饿死了。听介绍后为进一步掌握情况，孔、杨队长带民警在治保主任引导下进了薛奎的家。这是村子西头傍村边的一家。只见院子很破旧，树木稀疏，屋檐下窗台上摆有干玉米棒子，门框上挂两串大蒜辫和一小串红辣椒。三间北房还是早年间盖的土坯房，也很破旧，估计这种房在村内也算古董了。屋内陈设简陋，迎面一张旧方桌，旁边有只破凳子，只一条大炕，看来全家一炕睡。炕上除被褥外只有几件旧衣物，家里两个老人都在。问家中人口，只有薛奎这一独子，并无姐妹。问到其儿子，两个年近七旬的老人说：“就生这么一个儿子，小学毕业后先是玩，后来长大该干活了他又不爱干庄稼活也不愿学柳编，总爱倒腾个小买卖。夏天卖个冰棍，冬天卖个糖葫芦、泡泡糖什么的，反正是不干活就行。他这样我们也没法儿。赔赚的我们也不管他，反正能养活他自己就行。”问起怎么被割的舌头？什么时候的事情？二位老人说：“去年的腊月初三，天傍亮时大奎回的家。”听到这里，孔、杨二位四目一对，发案日农历正是腊月初三！继续听二位老人说。“我们见他满嘴血就问怎么回事呀，他摇头。叫他赶紧上宫村卫生院看看去他又摇头。我们俩急着问，他才说话，一听说话已说不清楚了。又问他，吱吱呀呀的好半天才听清楚，好像说是欠人家钱，被人割了舌头了。我们一听是什么人怎么这么狠呀，欠人多少钱干出这事呀！到公安局告他们去！他摇头摆手不叫去。叫他马上去医院瞧伤，他摇头摆手也不叫去。他平时就不大爱说话，这时说话又费劲，我们也没了办法，就这样在炕上躺着，依着他意，也没到派出所告割他舌头的人。他始终也没告诉我们是谁割了他的舌头。没去治伤，只喂他水和小米熬了粥的米汤，后来又买了奶粉，喂奶粉喝。这样在炕上躺了整整七天，血倒是止住了，不流了。可总喝汤也不行啊，但喂东西吃他又没法咽下去。十来天后他还不让上医院去治疗，也不说谁割的，这样挨过了半个月，腊月十八过世了，我们才找人发丧了。”

经了解，薛家老夫妻不是此地人，说话鲁南口音，是从山东迁来这村落户的。所以单门独户，并无亲友，又养了个独子，平时无朋友串门。所以出事后外人不知，一直到死后要发丧葬人必须有人帮忙，这才惊动村干部和四邻乡亲。我们办案民警又向邻居乡亲了解，包括其父母也谈到临出事前就是骑车卖拐棍泡泡糖，走村串户，离涿县近，所以大多是在涿县走村串户赶大集卖。

薛奎去年四十二岁，身高一米七，还是符合冷怀英讲的个头。相貌平平，身上、脸上都无明显特征。案发前穿黑棉袄。高小毕业，成年后曾结过一次婚，女方是外省来的，后因嫌其家穷半年后跑了，从此未成亲，光棍一人外面跑，做小买卖为生。卖泡泡糖已五年。

薛奎所谓割舌天明回家之日，正是在塔上乡冷庄有人被咬断舌之时，时间符合无误。现破旧自行车和两个曾装泡泡糖的花筐还在。自行车和花筐在东房山下鸡窝旁，车子已锈迹斑斑，有些破烂，看来有些时日没用过了。遂照相要提取，二老不让，又无法解释，遂先搁置。从其父母和乡亲口中，能证实薛奎确实是骑车卖糖，且泡泡糖黄色时为多。

对薛奎的身高、年龄、体型、相貌、穿着、文化、职业，尤其是 1985 年 1 月 23 日（腊月初三）被断舌的情况，都分别为薛奎的父母二人作了详细笔录，村委会和镇派出所都出具了情况证明和死亡、死因证明，邻居出具了证言。

一切似乎都清楚了，这个对父母撒谎的人应该就是冷庄强奸案断舌人。出逃路线也符合。因从血迹中断的雕窝乡拒马河堤大闸口向南逃，正是 112 线国道，再前行二十多里正好到宫村镇逃回柳林村。再说欠账割舌自古未闻。有割舌之仇不报，甘吃哑巴亏也极不合常理，简直匪夷所思。他不和人交往且又是蝇头小利的买卖能欠什么账，欠什么人物的账才能受此古来未有的刑罚？孔队长、杨队长向镇派出所提出了为进一步确认身份获取证据，我局将来开棺验尸的提议，请向固安县局打招呼，我局也可以到固安县局协商。还未谈妥，不知薛的父母怎么耳闻了风声，坚决不干，不让验尸。说死的怪倒霉的了，怎么还能再扒坟验尸，他二老当然认为儿子是因为欠钱被人割舌而致死不会想到别的。亲情相连，当然不叫开棺。见此情节，只好作罢。

经查薛奎为人木讷，少言寡语，又性情孤僻，平日少和人来往，好似离群索居一般。且又常年骑车在涿县附近做小买卖游荡，单人独往，没和人合过伙，故对他，人们缺乏了解。尤其是他卖泡泡糖这五年，经常夜不归宿，回来进村也很少和人攀谈，顶多打个招呼。故而对其行踪及平时所为无人了解，在村里像个多余的人，无人知其底细。谈到其平常表现时，村人说他又不着家外面飞着，与村人无争，谈不到好表现，也没有坏表现。看来这就是平常说的兔子不吃窝边草了。唯其如此，以致断舌在家长达半月竟然毫无一个乡亲发觉，更谈不到探望，故而造成人们不知情。直到薛奎无法进食而死，其父母无助，求助干部、群众发丧才事发。查薛奎的坟离村边不远，孔、杨二队长和几个民警遂到其坟边观察。这个坟离他家不远，虽是新坟，却坟头低矮，和附近的一些高冢大垒形成了很大反差。其父母在中华人民共和国成立前挑担迁来此地，后来生下这个独子。实指望繁衍后代，香火相继，看来愿望要落空了，也辜负了父母所愿。世上哪有日久不败的贼匪？光天化日下作恶，夜黑风高时行凶，多行不义必自毙，恶贯满盈终于遭了恶报。面对着这个坟头，见其上面随着春日的渐暖，竟然还稀稀落落地长出了几棵荒草，孔、杨二队长和民警们发出了感慨。虽未能亲手擒获凶手，有些遗憾，但也算直捣巢穴。如能开棺验尸认定真身，那也等于亲手擒获。现在虽不开棺也是站在薛奎的面前，把他追到了人生尽头，钻入了地狱，以法律名义向他宣示了他的失败。这种结果，虽出人意料，但也是作案人逃避打击绝望的无奈之举，在情理之中。

公安局在研究这起被断舌的强奸案时，根据以上所了解到的多方面材料，认为薛奎即 1985 年 1 月 23 日强奸案的作案人，予以结案并销案。虽因未能开棺检验使犯罪证据链缺乏关键的一环，但即便能检验，而作案人已死亡也是免予追究，故并未在这上面坚持。虽然法理上还存在缺陷，按现在的证据关键是通不过的，但当时还未有 DNA 检测技术，况且人已死，情理上足以说明问题。虽然只有目前掌握的证据和证言其他全是分析、判断，但是全都合情合理，应该是除此之外不会有第二种结果。

这就是中华人民共和国成立后涿县第二起断舌案罕见的开头和结尾。我们当初守株待兔，见作案人几天内不去医伤，认为难道他不求救治而等死吗，但事实证明确实如此。因为他知道，一旦救治，身份败露，东窗事发，他身上绝不会是一两起强奸案，所以他认为可能事发就是死罪。横竖是死，不如死了闭了口，神仙难下手，因此索性饿死在家图个囫囵尸首入土为安。但他绝对不会想到，民警仍然追到了他的坟前墓穴，宣示了结案、销案。

行凶现场跳舞案

我在从事侦查工作中，经办了不少政治和刑事案件，可以说案类各别，案情各异。案件既有普通、复杂之别，社会危害也有大、小之差。犯罪分子的自身情况、心理状况也因人而异。有的杀人如麻，凶残狡猾，手段毒辣。有的一念之差，铸成大错，滑入犯罪深渊而不能自拔。从犯罪心理学角度仔细研究他们犯罪的成因，社会、家庭对个人的心理路程影响，对打击各类犯罪，对刑满后的人员心理矫正都有一定益处。以下不妨举例说明。

案例一：

清苑县籍拦路抢劫、强奸、杀人犯刘民立，男，1945年生，中等个头，黑瘦脸庞，木讷寡言。1975年因盗窃罪被判刑十年，1985年4月初刑满释放回家。家人因怕受其连累，恨铁不成钢，故对其归来表示冷漠。刘民立见亲人不怜不理，且对自己吃、住、生活等项避而不谈，当即心寒。本来家里破房破院，自己又光棍一个，并不想在家待，见此情景一怒之下一跺脚一刻未停转身离家。二十分钟后还未出村即入户偷盗，未见钱和值钱的东西便偷走人家院里的鸡鸭。得逞几次后便以此为业，开始流窜作案。后在入户盗窃中偷了手表和半旧自行车，遂骑车带筐串乡游荡偷鸡鸭卖，并在路上抢劫老弱行人和拦路强奸青少年与中年女性。如遇女方反抗便凶残地将其杀死。从释放回家后的第一天作案开始，几个月间流窜在保定周边的徐水、望都、满城和保定南的定州，保定北的定兴、涞水、高碑店、涿州等市县。盗窃衣物改善自身穿着打扮，钱财用作住旅馆花费和吃喝挥霍。曾去北京到北太平庄、大钟寺、新发地等市场卖鸡鸭捎带逛北京，并在郊区入户盗窃。几个月内连杀数人，作案近百起，一时间闹得几个市县风声鹤唳、鸡飞狗跳。保定市公安处遂组织以上几个市县公安局抽调人统一指挥，以定兴县城（这里收购鸡鸭的多）为圆心点向周边市县成半径辐射进行摸排嫌疑人。摸排中刘民立又作案：六月中旬，在定州城南一玉米地内发现一五十多岁妇女和一十六七岁女孩儿。女孩儿是从天津来姑母家探亲的。刘民立一见大喜，掏出刀威胁欲强奸女孩儿。其姑母见突然出现一凶神恶煞之人，青纱帐深深又无处求援，孩子远来探望自己，出事了怎么对得起孩子及其父母，遂连连向刘民立哀告：“孩子小，这位大兄弟你要积德，你冲我来吧，求你放过孩子。”可刘民立只是身上披着人皮，哪属人类！他不顾大婶的声声哀告，兽性大发，竟将女孩儿枕在其姑母大腿上（防其姑母逃走报信）将其强奸。丧心病狂，甚于禽兽！七月初的一天，刘民立又流窜至涞水县王村乡路上，见一女孩儿十八九岁，花枝招展（保定卫校学生放假回家的），淫心顿起，拉住学生向青纱帐里拽。女孩儿拼命反抗挣扎，刘民立一见恼羞成怒，对女孩儿乱刀齐下，连扎七刀。这时路上来人刘民立才仓皇逃跑，女孩儿被送至涞水县医院抢救才脱险。8 月 27 日，刘民立又流窜到涿州市北永乐村东的玉米地里，西面二三百米是永乐火车站和拒马河铁路桥，他强扒正在田里干活的二十岁女青年何文芳的衣服欲行强奸。这时北边河堤路上有行人说话，女子呼救，路人听动静后向玉米地内喊："怎么啦，干吗呢?"女子乘机逃脱，刘民立也被惊跑。他向东跑出百十米后惊魂稍定，喘息方止，忽见前方玉米地里有一中年妇女正在割红薯秧（做猪饲料用），刘民立这个望乡台上打莲花落——不知死的鬼，刚逃脱性命之忧就又起淫心，几步抢上前对这一中年妇女（三十岁，荷花塘村张云花）又要进行强奸。张云花反抗，用镰刀砍刘民立，刘民立用刀子格开，张云花拼命反抗，惹得这个野兽性起，几刀扎在张云花前胸，致其死亡，刘民立逃走。保定公安处组织抽调的几县警力认真布控，先是从定兴火车站小旅馆查获有带鸡鸭筐的自行车，遂决定盘查。但未等到民警进屋盘问，刘民立便被惊动，做贼心虚，从屋内狂奔而出。民警发现后马上追上去，刘民立却迎着飞驰而至的火车舍命狂奔逃过了铁路。眨眼间火车驶过挡住了民警的去路，待一列长长的装货物火车过后，茫茫黑夜中已不见刘民立的身影了。但刘民立已恶贯满盈，仅时隔半月，于 10 月中旬的一天，民警便将刘民立从高碑店市其狱友处擒获，次年即 1986 年春于涿州茨村刑场被依法枪决。刘民立这个败类自释放之日起当天即作案，仅半年时间杀死数人，重伤十余人，作案计百起，真是屡教不改的惯犯。

案例二：

1979 年 10 月 28 日，涿州松林店镇靠铁路的苏堰塘村村民崔秀亭与苏翠云谈恋爱并致其怀孕，但是女方家长根本不同意他们结合。崔秀亭见好梦难圆，便将与其恋爱过的牛书敏砍伤后，又临死拉垫背的，强拉硬拽苏翠云上火车道，迎着开来的火车，撞了个粉身碎骨。鲜血、残肢、皮肉溅了百米远，有的皮肉竟高挂路旁树梢，其状惨不忍睹。这是自己活不好也不让别人好活的典型的丧心病狂。

案例三：

1988 年 8 月 22 日是涿州东南三十多里路的高官庄大集日，本村人马俊买肉摊上北郎中村孙某的猪肉二斤。马俊感觉分量不足，到临摊的秤上一称，差二两。遂回身要孙某赔肉，孙某不赔，二人越吵越僵。马俊心头火起，遂拿起案板上卖肉的刀扎向孙某的胸部。八月天气，胸膛裸露，无遮无挡，孙某当即气绝身亡。

案例四：

1988年8月25日，城东关大集上和贾秀路搭界处，又有上坡亭村与下坡亭村韩某和肖某也是为买二斤猪肉复称重称后认为差二两而争吵。肖某就是不赔，韩某气不平随手抄起肉案板上的秤砣，只一下将肖某砸了个脑颅骨塌陷、脑浆外溢，身亡。马俊和韩某后来被依法执行枪决，都是为二两猪肉争执。一方众目之下，不愿认错赔偿怕失了面子；一方火气难耐，得理不让人。我们不禁要问，难道人命才值二两肉钱？均摊各一两，命价值才几角？真是一失足成千古恨，再回头已百年身！两世为人啊！

我们之所以举以上几个案例，无非是想说明一个道理，即犯罪分子千差万别，有的罪犯是出于主观故意，即诚心加害于人，如刘民立。有的是心理有缺陷，自己不行，你也别好，如崔秀亭。至于那两起买肉伤人致死案件，本不该如此结果，大不了吵架，肢体冲突，哪怕打个鼻青脸肿也是治安案件属调解范畴。但一怒之下丧失理智，酿成命案。一念之差，却造成生死恶果，铸成大错无以挽回。我们不是做专题研究的，不可能就各种案件的心理因素都列举出来做分析，只是略举几类供读者参考。犯罪心理各异的情况，大千世界无所不包。虽然如此，有一起抢劫强奸的重大刑事犯罪，其犯罪人的心理大出我们的意料，简直是不可理解，真不知道应该把他归到哪种类型，因他的犯罪心理实在是属于刑事教科书和实践中都难寻的另类。

这就是：犯罪嫌疑人竟然在抢劫强奸的作案现场跳舞的案子！

案件发生在 1987 年 11 月下旬的一天中午，正是入冬后第一场中雪落下后的第二天，因当时田野里、路旁的阴坡下还残留着一些积雪。报案人是受害者本人，案发后直接到码头镇派出所报的案，接案后涿州市局刑警队队长孔凡瑞、指导员杨士武、副队长张志军及技术科科长张津生一行人赶赴现场。民警们先在码头派出所见到了受害人陶婉秋。只见她二十二三岁的年纪，一米六七左右的身高，显得身材修长，亭亭玉立。她往人群中一站，婀娜多姿。她上衣是一件裁剪得非常得体的绿色平绒制服褂子，衣领却是乡下当时还少见的挺拔的立领，分外显眼。纽扣是暗蓝色和灰白色相间的大号有机玻璃类的扣子，更显得分外与众不同，典雅大方。下身是一条青色条绒制服裤，脚蹬半高跟黑色短腰皮靴。留着一头乌黑发亮的秀发，发上打个领结系住飘在脑后披肩的长发。可谓常说的前发齐眉，后发披肩。眉毛淡淡的描画，显得更修长俊朗。一双明亮的大眼睛忽闪着，向民警们流露出羞涩和忧伤的泪光。脸上端庄秀气，白白的脸颊上透着绯红，看来她仍未从遭受的暴行中恢复过来。额头饱满，下颏方圆，稍有棱角的嘴唇呈元宝状，整张脸显得既俊气又丰腴。估计是因为里面穿的棉衣或绒衣都薄，所以虽在冬天，身材仍显出了少妇的曲线美。正像后来了解到的，她是村里乃至三里五乡数一数二的俊俏姑娘。按村民们的话说，人是人才，个儿是个头，再配上一身得体的衣服，的确是一个顾盼流离、光彩照人、风姿靓丽的美女。可能正因为如此，才引起了劫匪和色鬼的垂涎。我们向陶婉秋了解受害经过。原来她是码头镇魏各庄村人，今年春出嫁到与家乡相邻的北京市房山县南召乡的宽甸村。这次因码头镇庙会，房山、涿州两地的人都来赶庙会，所以她来赶庙会修一下结婚陪嫁的双音箱双卡录音机，另外顺便回娘家。傍午时她骑着大链套自行车向娘家赶去，骑到快近河边时，后面追上来一个大高个儿小伙子，不但把她强奸还把“飞鸽”牌大链套新自行车、“三峰”牌双卡录音机和头上围的白底驼绒色（烟色）花格围巾都抢走了。自行车子和录音机都是新婚时的陪嫁。她说，罪犯身高近一米八，三十岁出头的样子，瘦高个儿，眼睛特别细小就像是席篾刺的。席篾即是编织纬席的细苇条。她还说，对方穿的是当时赶时髦的劳动布喇叭口裤，说话声音较细。最显眼的是，对方脸上不太干净，左眼稍下颧骨部分有好几个米粒大小的痦子。左右脸上粉刺很多，脑袋是上宽下窄，尖下颌，好像是个倒三角似的，瞅着特别别扭。又留着个一面倒的大分头，更显得不受看。虽然穿着喇叭口裤子，往洋里打扮，可骑的是大水管架子的自行车，又显得特土气。反正是个浑身上下不土不洋的这么个人。陶婉秋的描述，简直把这个劫匪说到家了。

简单了解情况后，民警们即领受害人赶赴现场。

现场是在码头镇和向阳乡搭界的拒马河北岸二里远的一个洼地上。而具体施暴现场却是洼地中一个高出附近地面二尺多的直径约十米的大沙坑。真是个狡猾的犯罪分子！他选的这个位置，易于隐蔽却不易暴露。而他在大坑内实施犯罪时只要抬起头即能观察四外的情况，而外面却不能看到坑里面的情况，既便于犯罪又便于隐身和逃跑。看来罪犯深通此道，应是惯犯作案。

问陶婉秋罪犯从哪跟上她的，回答不清楚，没注意。到了快转向家的公路时才见到这人总是跟着自己。自己骑慢，打算让他超过去，可他不超，也慢下来；她马上快骑，打算摆脱开他，可他也快骑，跟上她，摆脱不掉。她这才意识到，遇上坏人了，可能他不怀好意。因为快到家了，她拼命骑，也盼着路上来人，可路上没见人。他见陶婉秋要跑也急了，就追上来用车别她的车，叫她下来。陶婉秋下来说："你要干什么？我又不认识你！别缠着我，我就是这村的。"用手一指前面村。"让别人看见，你没好瞧（受惩罚的意思）！"他说"我不怕"，就推我车往路旁地里走。陶婉秋就抢自己的车，抢不回来，要跑。他又追上来，拽陶婉秋到地里。陶婉秋生气地问他："大白天的，你要干吗？"他说："咱们交个朋友吧，以后也好来往。"陶婉秋说："我早结婚了，交什么朋友。"他一听嬉皮笑脸地说："结婚就更没事儿了，我们还是交个朋友，以后好来往。"说着就动手动脚，揪扯陶婉秋的衣服要流氓。陶婉秋盼着路上有人来，想拖延时间，可路上总也不见过人。陶婉秋又没他力气大，挣扎不过他，就这样被他欺负了。被欺负时，陶婉秋还问过他是这儿的人吗？他说："我叫武印，是琉河大水泥厂的。"听他说也不知道真假，陶婉秋就没再问。同志们听完受害者的陈述后继续勘查沙坑内中心现场，并向外围追踪，看有无新的发现。足迹不是很清楚，从乡村公路边拖拽到沙坑的痕迹虽很明显，但都模糊，不完整。因受沙土地影响，土发散、黏性差，所以足迹都不完整，鞋花纹也不清楚。而来路上接近公路时在一片沙地上却也有二人足迹，所不同的是，这不是他们两人推车行走的成趟足迹，却是一大片二十多平方米的很大却杂乱的足迹痕迹。说是杂乱，可是细看之下好似还有规律。因有的是走的半圆圈形足迹，尤其是男的（即犯罪嫌疑人），还似步伐整齐。前后、左右、进退、移动都有规律，好似有章可循。再细看好像是戏台上的舞台步伐或跳舞步。大家更疑惑了，怎么会是戏台步或舞步？难道两人认识？两人如果不认识，还会在这里走舞台步或跳舞步吗？这是怎么回事？勘查现场的我们充满了疑惑。抬头望了一眼受害人陶婉秋，只见她站在几米开外，表情上显得很难为情，好像也看出了我们已瞅出了破绽。她站在那里，不发一言，也可以说表情尴尬，也不解释，这更加深了我们的疑点。同志们互相一对眼神，轻声一交谈，副队长张志军和技术科李晓坡都会跳舞，二人确定这不是戏台上的台步，而是跳舞时的舞步。从步伐的前进、后退、左右漂移散布的大漫圈来看，好像是混合着跳华尔兹的慢三步、慢四步，后又转快三步、平四步等。有的是单个犯罪嫌疑人的整齐规范的舞步，如大漫圈，显然他是在做示范动作。因从其二人的舞步来看，女子的半高跟足迹明显杂乱，都是随着嫌犯的舞步动作在走动，步伐显得很勉强，拖泥带水。而嫌犯的舞步很规范，尤其是他单个做示范的舞步很规范。看来嫌犯是舞场上的老手，舞厅中的常客。这一切到底是为什么，只有问陶婉秋了。于是几个队长走到陶婉秋跟前问她："这么一大片你二人的脚印是怎么回事？对方在强奸你之前在这里和你做什么？希望你如实讲。"话未问完，陶就哭了。她边哭边说："这段我不愿意讲，羞死人了。他追上我后走到这里就撕扯我衣领，摸我胸口，还解我腰带。我一见，想盼着路上来了人好能脱身就拖延时间应付他。我说：'你这是干吗？大冬天的多冷，人受得了吗？'他说：'这好办，我们跳舞吧，跳一会儿就不冷了。'我说：'我不会跳，你放我走吧。'他不干，说：'实话告诉你说，我跟了你一路，头一回碰见你这么漂亮的，别想走。来，我教你跳舞，一会儿身上就热乎了。'说着，硬拽我在这块沙地上跳了起来。我又不会跳，他还说：'这么漂亮不会跳舞哪行。'拽着我前走、后退、左扭、右摆的。我穿的是半高跟鞋，更不习惯。可他却像中了什么邪，越跳越高兴，还讲跳舞都分什么舞，还单个跳给我看，还转圈跳，他越跳越快越高兴，拉着我跳。我又没法逃跑，被弄得东倒西歪站不稳。他把脸贴近我，看着他那张特别难看的脸我直想吐，觉得头都晕了。天冷，又刮起了风，弄得我又惊又怕、又羞又臊。既盼着路上来人救我，又怕人见我这样，误会了就更没法见人了。”听着陶婉秋的哭诉，我们都想象到了犯罪人当时的得意忘形和陶的无奈、被迫与难堪。这可恶的匪徒，作恶还有心情跳舞，而且是拉着受害人强迫跳，真是罕见的不知死活的无耻劫匪和强奸罪犯。有着这种犯罪时都不忘行乐的心理素质，再加上受害人说其是三十岁出头的年纪，可见其一定是一个惯犯。

安置好受害人后，孔队长、杨指导、张副队长、张津生科长等民警立即在码头镇派出所对案情进行了分析。根据罪犯讲的“我已跟了你一路，头回碰见你这么漂亮的”，可见其是一贯地耍流氓，证明跟踪受害人的时间较长、路程较远。又据受害人讲，在被强暴时，那人行奸动作熟练，那就绝不是第一次、第二次，而是老手。如罪犯已婚另当别论，如未婚一定是流氓成性和强奸惯犯。因此定范围为：一是码头镇及相邻的房山县南召乡一片，二是房山县琉璃河镇及相邻的涿州东仙坡乡一片。尤其是罪犯自称琉河大水泥厂的武印，用的是琉河而不是琉璃河，这是当地琉璃河人和邻近琉璃河的涿州北乡人的口语，犯罪嫌疑人无意间已暴露出了自己的家乡位置。自称大水泥厂的武印，或真有其人，或冒名顶替，总之他应该熟悉或和大水泥厂有关联。可能嫌犯欲转移视线，但这种此地无银三百两的做法，恰恰暴露出嫌犯的一些易掌握的短处。

当即分成两组，孔队长带赵凡、李晓坡、陈友几人以码头镇、房山县南召乡为中心摸排有流氓、强奸、抢劫犯罪前科或嫌疑对象，杨士武、张志军带队、李清全、张津生等人摸东仙坡乡和房山县琉璃河镇及水泥厂，看有无武印其人。

以上两组抓住嫌犯的相貌特征和会跳舞特征一一摸排。

根据疑犯的相貌特征，李晓坡到公安部五局技术处找张科长对自称武印的疑犯进行了人体成像模拟组合。那时还没有后来的成像技术，更谈不到后来的电脑软件拼图，一推既能拼出多少种眉毛、多少种眼睛、多少种鼻子、多少种脸型和口型供你选择，转眼间就能拼出接近疑犯的头像。那时是根据受害人的介绍才能模拟描画拼人像组合，眼睛、眉毛、鼻子、嘴、脸、发型，经受害人介绍反复拼再反复改，逐渐到接近疑犯本人特征。20 世纪 80 年代后期即便是公安部成像技术也刚刚起步，但此案的疑犯相貌特征太突出、太典型了。张科长特别用心竟然很快人工模拟拼出了图像。交受害人看，受害人说，那人就是这么个模样，可见拼得相当像。李晓坡当即制作了多张带回。

这时是发案后的第四天了，孔队长处还未摸到相似的
对象。杨指导在东仙坡乡那里已摸了数十个村队。张副队长这里是先到琉璃河镇街里打听有无武印其人。一了解还真有这么个人，而且还就是本镇街里人。琉璃河镇共三道街，这人搞运输和其他几项经营，有些实力，所以在三道

街里比较知名，有些影响。可一见面却见对方是中等身材，身高一米六五左右，生的是五大三粗，还留有浓密的络腮胡子，浓眉大眼。问他这两天到没到涿州去过？他一见是公安局的人发问，立时就急了，大眼瞪得溜圆。莫说凭他的实力绝不至于骑水管架子的旧自行车，一看相貌特征也与疑犯大相径庭。遂问其认识不认识这么个人？随后向他讲了疑犯身高、相貌特征、爱跳舞的习惯。他略一沉吟说，不认识。看他表情也看不出他是真的不认识此人，还是不愿多事知道而不言，还是因刚才公安的人对他发问不高兴而故意说不认识，反正是不愿多谈。见此情，我们只好作罢，遂把工作转向水泥厂。对琉璃河水泥厂这一拥有近两千名职工的国有大型企业开展工作，首先向厂党委汇报取得支持；随后在厂保卫科的支持下对厂机关科室、车间班组进行了层层发动，要大家协助；对特征相似，有跳舞习惯，主要是有恶习的人员进行筛查。但虽经细致工作，却没有发现接近疑犯相貌的人。正在这关键时刻，恰巧李晓坡同志从公安部赶回来，将部里刑侦局技术处张科长依据受害人提供的疑犯相貌特征而模拟的画像印制了二三十份拿了回来，先分发到侦查员手里。开始在群众中摸排对象，谈情况时亮了图像，按图索骥。第六天，张志军副队长和技术科张津生科长等人到琉璃河镇办水泥厂去摸排。这是在国营琉璃河水泥厂的北边，即中间隔条公路几里地的地方，国营水泥厂协助地方即琉璃河镇政府办的一家镇办企业，也是生产水泥，规模不算小，工人也有一二百人。但和国营大厂，有名的日本侵略中国时即建起的琉璃河水泥厂比，那就规模小得太多了。在发动群众积极分子之前，张副队长和张津生首先将画像交给保卫科科长老徐看。谁知老徐一看之下，未假思索便说："这是孔庆祥，是在我们厂干活上班。"当下悄悄派人去查，今天孔却没有来上班。一见老徐如此肯定，二张不放心地问了一句说："没看错吧？真是他吗？"老徐说："就他那长相，能有几个？还能看错？你们的画弄得像极了。"老徐却夸起公安部拼出的画像来。这时张津生科长突然失声叫了一声"啊"！"有大才有小啊，那小子说自己是大水泥厂的，是笨拙地回避自己是在小水泥厂上班的事实啊！一开始就应该先摸这个当地人称的小水泥厂就对了。"张队长、张科长二人都有些检讨地说。一了解果然当地人称国营厂为大水泥厂，镇办厂为小水泥厂。问孔庆祥的住址，老徐找来他们车间主任。主任谈到，这个人是琉璃河本镇东北孔家坟村人，是个临时工，三天打鱼两天晒网的，已经又有两三天没来上班了。拿出画像，让主任一看，他也是毫不犹豫，一看之下即说："就是孔庆祥。他就这么个模样，画得真像！"他和老徐一样，夸起画的图像像极了。

没问题了，疑犯就是孔庆祥。嘱咐主任做好保密工作的同时，二张带人刚要走，恰巧杨指导带李清全等人来了。原来他们在东仙坡乡摸排情况时，向人介绍案情，在场有一媳妇是琉璃河镇娘家。在介绍疑犯细长眼、脸不干净、留大分头、好跳舞时，她在一旁听后说："我娘家村相邻一里有个村叫孔家坟，你们说的这个人像孔家坟的孔庆祥，他就长这么个模样，还好跳舞。”杨指导和张副队长、技术科科长张津生把情况一碰，结果不谋而合，矛头都指向了琉璃河镇，并具体到了镇里孔家坟村的孔庆祥。

说来琉璃河镇具有三千多年的人文历史，文化底蕴悠长。这里是人类的发源地之一，镇西边十几里即是国内外闻名的北京周口店猿人遗址，镇东边三里就是三千多年前的西周古燕都遗址。建于明代初期的河上的大石桥和桥下的清代重修的岫云观道观古迹均是国家级保护文物。

琉璃河古称圣水，发源于房山县霞云岭的大石河，又称六里河，流到此处称刘李河。现河北岸二里还有一村名字就叫刘李店。从此下行于涿州一段，因两岸当年岸柳成行，苇荻茂盛、河面宽阔、漕运方便，尤其是大石河到了这一段，水质和颜色都有明显变化，河水特别清澈，水色泛绿，灿烂生光，状如琉璃，故又称琉璃河。对此光绪年间《顺天府志》有详细记载：“距良乡县城四十里琉璃河镇，亦名刘李河，即古圣水。”南宋民族英雄文天祥被元兵俘获后北上过琉璃河时，曾留《过雪桥琉璃河桥》一诗：“小桥度雪度琉璃，更有青霜滑马蹄。游子衣裳和铁冷，残星荒店乱鸣鸡。”可见宋代即称琉璃河。当时桥虽小却是通北京的官道，而今也是京广铁路、公路必经的交通要道。

孔家坟村在离琉璃河大石桥五六里地的东北方向。这里说来也是大有来历的。这一带东西长七里，南北宽二里，是古城遗址，为西周武王伐纣后封召公奭于燕地的燕国都城。现在董家林村、黄土坡村一带是国家重点文物保护单位“琉璃河商周遗址”故地。孔家坟也离此不远，属古墓葬群。

这已是发案的第六天了，杨士武指导员、张志军副队长、张津生科长和李清全一行人悄悄来到了这燕召公故都旁的孔家坟。在村外经派人了解，孔庆祥未在家。一天过去了，仍不见孔庆祥的踪影。留人和村干部、治保主任留守监视，但孔庆祥又是一夜未归。

坚持到第二天傍晚时，这已是发案后的第七天了，留守监视同志报告：孔庆祥回家了。同志们一听精神大振。商议好，天黑下来再行动，对其突袭，实施抓捕。

冬天天黑得早，六点钟天就黑下来了。但要等孔庆祥上炕入睡，估计得等10点钟以后才稳妥。杨指导、张副队长、张科长三人商量后，决定10点多动手，半夜动手不正常，容易使对手起疑，有所戒备。

经了解，现在孔庆祥一个人住在老宅院里。三间北房，一明两暗，中间开门是个过道。东里间有炕，有时他娘回来住。他住西里间屋，西炕上方是个窗户，上有两扇小双扇窗，既通风，人也可以钻出钻入。

在等孔庆祥的这两天里，同志们已把他的住屋位置，门窗情况摸清楚了，做到了熟悉并准确无误，只等孔庆祥回来瓮中捉鳖。

夜里10点半过了，天也起风了，夜更显得冷了，是时候了。在村治保主任引导下，大家来到了孔庆祥院外，推开大栅栏门。按照预先商定的方案，杨指导带张津生等人到西房山下，窗户下蹲守，防止他从窗内跳出逃跑。正门是一单扇风门，向里边看，门把手在左边，向右拉开门。张副队长、李清全等人堵正门。治保主任上前叫门，屋里灯还亮着，但灯光发红，显得红光一片。屋里应声了，但未开门。门外人高度警惕，主任再叫门，才有人来开。张副队长站在门外左边，李清全站右边，里边门从左向右开时，张队长好向里冲。门刚开一条缝，孔庆祥一见门外好几个人，不禁一愣神。就趁孔庆祥愣神的这一刹那，张队长却没犹豫，他身高一米八六，可以说身高力大，趁孔庆祥未来得及关门，一个饿虎扑食撞开门扑向对方。对方未反应过来，已被掐住了脖子。孔庆祥也近一米八的个头，这时他已明白出了什么事，倒退几步，不由自主地退进了西里间屋，但他极力挣扎，困兽犹斗，双方扭打在一起。此时，杨指导、张津生等人已从西窗跳了进来，堵在炕上，拦住了他上炕跳窗逃跑的退路，几人合力将孔庆祥按在了炕上。孔庆祥挣扎着两手好像要向炕上的枕头下摸，李清全上前一把掀起枕头，发现了一把二尺多长的锃亮的杀猪刀，遂抄在了手中。将挣扎的孔庆祥用铐铐上了双手后，这时大家才注意到，屋里虽然红彤彤的很亮，却没有亮着灯。原来是炕下亮着一个大电炉子。这小子懒，没生火，靠电炉子既取暖又照明。他住在西里间，这样面积小，保暖性强。再看炕上，除了他的被褥外，还放着一台双音箱双卡录音机，看牌子正是“三峰”牌；一条驼绒色（烟色）的白底花格围巾，也在炕上；进屋门道里正是“飞鸽”牌大链套车。看来他抢劫来的赃物一件没出售，都自己用了。赃物证据全部缴获到。这时，同志们一想起刚才的情景有些后怕。这小子早有准备，杀猪刀放在枕下，看来还时常磨一磨，因刀在火光下锃亮，证明他在日夜提防。今天若不是张队长身高力大，果断出手，大家合力上前未容其反抗，以孔庆祥的身高、力气，一旦凶器在手，后果不堪想象。只见这时孔庆祥想到了日夜防备，又有西窗口，今日还是被擒，所以气急败坏，跳脚大叫，嚣张放言道：“我进去就有出来的时候！回来饶不了你们!”（这话后来也应验了，入狱后押在保定监狱，曾越狱逃跑，图谋报复。后在永定门火车站被抓住，又被加刑，后半生以服刑为业了）

当时局里只有一辆吉普车，忙不开。杨、张这组的两个小组是两辆跨斗摩托车。遂把孔庆祥按在跨斗里，迎着冬天的朔风，告别了村干部，连夜返回涿州市局。

第二天晚上，民警们在休整一天后，杨指导、张副队长等马上提审孔庆祥。

孔庆祥被带进来了。昨日天黑，又只顾完成擒获贼匪的任务，又撞上性命攸关的一刹那只顾拼搏，且没有灯光，炉火又弱，哪里顾得细看。今晚在灯光之下才看清了孔庆祥这个劫匪加淫贼的真面目。孔庆祥个头一米七八左右，不胖不瘦，身强体壮，宽肩膀、细腰身，必定有力。

可惜他空有气力，却生性懒惰。再看他那张脸，受害人描述得一点儿不差。脑袋是上面宽下面窄，尖下颏，大瓜子脸，大分头仍是一边倒，真不知经昨晚一场搏斗，他已头发散乱，今天又如何整理成这样，看来他是个好面子、注重外表打扮的人。左颧骨上确有四五颗比米粒大的痦子散布着，看起来非常显眼，影响了面容外观。左右脸上的浓重黑红的粉刺也为其面貌减去了不少颜色。所以这痦子、粉刺在脸上使整个人相貌差了许多。那一双细长的眯缝眼，正如受害人所说席篾刺的似的，更为其减色。总之，个头、身材可以，相貌因这些特征使人别扭些。要他交代罪行，这小子倒干脆，说道："既然你们都知道了，我也不用隐瞒了。"遂痛快地交代了犯罪过程。

原来孔庆祥所在的孔家坟是个不足百户人家的小村，一村只孔家一姓。他今年三十一岁，初中文化，其父早亡，老母还在。哥四个，他最小，上面还有个姐姐。大哥是个医生，村里开个门诊部，医术好，很有人缘，日子过得也好。二哥养着几辆十轮大卡车跑运输，经济条件更好。三哥在房山城里开了个商店，也使村人羡慕。姐姐早已出嫁。他家的日子在村中算上等人家。只是他这个老小子，从小因父母、兄、姐照顾，几近溺爱，养成了好逸恶劳的恶习，初中二年级便不想念了。辍学后，整日不在家里和村里待着，每日到琉璃河街里去转悠，慢慢养成了不爱干活的毛病。本来身强体壮，却懒得出力。随着年龄增长，因其懒，只是一味地好打扮，所以连说多少对象都因他不务正业而告吹。近年来除好穿衣打扮外，又迷上了跳舞，白天整日到琉河街闲逛，晚上甚至通宵跳舞。跳舞成瘾，一发不可收拾。更添了一个毛病，好往女人群里扎，和别人搞不搞对象、交不交女朋友，人们不清楚，但都说他有女舞伴常在一起，这可能和年过三十仍未成婚也有关系。

这一天他刚在镇上水泥厂当临时工没几天（家里人为他找的，见他总玩不是事儿），早上在琉河街里吃早点时，见一年轻妇女相貌漂亮，穿着光鲜，骑的是崭新大链套飞鸽自行车，车上还带着双卡录音机，当时眼就红了。因他之前见过这妇女一次，垂涎三尺，不曾得手。今日一见之下，欲火中烧，按捺不住，饭没吃完便匆匆结了账，骑自己的那辆水管架子的旧车尾随年轻妇女而去。一路走，出琉河进了涿州境。穿过向阳乡大集，那人又骑向码头镇。他跟在后面想下手可未出公路，都是行人，没办法只好又硬着头皮跟到码头庙会。盯住人家直到从码头镇出来，年轻妇女向南走下来。这时路上人稀，赶庙会的人散了。这条路越走越超出小路，无人了，他才追上去，别倒人家车子要下手强奸。人家百般推脱、哀告，他跟了一路二十多里，哪里肯依？在动手撕扯人家衣服时，人家说天太冷，他竟然说跳舞就不冷了，强拉人家在原野上跳舞。他把年轻俊俏的小媳妇往怀里一搂，不禁春心荡漾，有些恍惚，竟然找到了怀抱美女跳舞的感觉，在想象中仿佛到了高雅的宽阔舞厅。他原先在琉璃河街里碰见过这个美女，那次跟上人家，可人家到水泥厂商业区那儿，他没能得手。这次可得了机会，一路奔波几十里，这次竟然把她真的搂到了怀里。他高兴得简直怀疑自己在做梦。在凛冽的寒风中，他面对着美少妇，拥搂在怀，如沐春风。不但毫无寒意，反而浑身发热。真的是心头撞小鹿，面上起红云，心跳加快，血脉贲张，一张肤色本来黑的脸变得红了起来。随着舞步加快，血往上涌，脸色真是一时黑，一时红，一时黄，最后激动得成了酱紫色，犹如一张猪肝。难怪后来受害人陈述当时面对着他那张丑嘴脸又羞又臊，又气又恼，又万般无奈。他就这样拉着人家跳，人家不会，他还拉着硬跳。他还向人家炫耀在舞厅时听到的一知半解，什么宫廷舞步、民间百姓舞步，什么交谊舞、华尔兹，什么探戈、伦巴、恰恰舞，自己还边说边演示。高抬臂腕前进、后退，力求标准，飘然移步左摇右晃、如醉如痴，假作牵手、腰身后仰、盘头裹脑、大回旋弄得他大分头长发飘动，夸张地大幅步旋转竟跑起了圆圈，他自己忙了个不亦乐乎，也把个二三十平方米的冬日麦田浮土蹚了个尘土飞扬。他恨不得把这几年学到的跳舞本事一件件地给面前的这个美女一一展示出来。他这一阵欢天喜地的瞎忙活，却害苦了受害人。弄得受害人觉得今天受到了天大的侮辱！不知面前这个流氓匪类到底要搞什么花样摆弄她！折腾了一阵子，孔庆祥血往上涌，他停了舞步，把受害人连扯带拽拖到了路东的大沙坑里，并把自己和她的自行车、录音机也搬到了大沙坑里。这个大沙坑是他在追踪受害人时看到的，认为是下手的好地方。凭农村生长的经验他远望就认定这是一个挖沙取土的沙坑，不会太深，但恰好能避人不被发现。他觉得不能放过机会，所以才赶到受害人的前面，别车拦截。他认为今天虽跑了不少路，但终于有了机会，于是将受害人强奸。行奸后他竟不顾受害人的哀告，将其自行车、双卡录音机和大围巾也带走了。人家说录音机也是陪嫁，这次是来码头镇修理的，望他留下，要不和家人不好交代。他竟说，在家跳舞正缺个放音乐伴奏的录音机，今天正好拿走，遂连同自己的自行车骑一辆扶一辆，直接回了孔家坟的家，将受害人抛在了寒风中。

回家后，他也曾想过公安局会不会找上门来，又一想哪里那么容易，所以抢来的车、录音机根本没出手，围巾也没有动。要说一点没防备也不是，他平时不安分，夜里出门都带一把刀，这次他把这二尺多长的杀猪刀磨了一晚上，将锋刃磨得极锋利才罢手，放在了枕头底下。心想，万一公安局的人找上来就和他们拼命。

但是，刚刚六七天，公安局就找上门来了，他实在是没有想到。所以当晚才起来去开门，并未戒备。等到看见生人猜到是公安局的人找上门来的时候，已经晚了，已被人家掐住了脖子。

说到自己的大意失荆州，孔庆祥还不住地跺脚叹气。其实他根本没有想到，他犯了抢劫、强奸如此大罪，能逃脱惩罚吗？按他这次胆大妄为的行为和受害人提供行奸时的熟练动作可以分析他并非初犯，且犯罪过程跟踪中就凭观察就选定了强奸的中心现场，手段老练，应是惯犯。但要他交代还有没有其他罪行时，他口封得极严，虽经多次做工作，他却死活不开口，神仙难下手。我们因不掌握另外的证据，故挤净余罪一说只好作罢。

但只此一次，他已是大罪，因这可不是他在舞场跳舞，散场还可重来。这是人生的重要关口，走错了难以回头。一失足已成千古恨，再回头已是百年身。

这就是发生在涿州，至今仅有的一例在抢劫、强奸犯罪实施过程中还不忘跳舞行乐的罕见案例！

浑江城夫妻被害案

1988年12月13日凌晨2时许，下胡良派出所所长罗红电话报称：该乡浑江城村一对夫妻遇害，要求派员出警。

当晚我是值班局长，遂命人马上通知分管刑侦的吴副局长前来，我们一起率刑警队队长王树春、指导员孔繁瑞、技术科科长李晓坡、副科长张津生出警。考虑到现场是农村，追踪条件好，又命驯犬员王建国、吕民二人带追踪犬“灵芳”和鉴别犬“乐鹏”一起随队出发。

夜黑、路远，串村行四时余方赶到浑江城村。浑江城的位置离州城约四十里，北部与北京市的房山县接壤，西去不远处即是傍拒马河的军事要地张坊镇，是进出晋冀两省的重要通道。当初1927年10月的北伐之战，傅作义率部由晋入冀即由张坊镇偷袭夺取奉军占领的涿州并守城抵抗奉军近百日而一战成名。因此，浑江城地当房（山）涞

（水）涿（州）要冲和京冀晋通道，历来民间称为三岔口。令我们没有想到的是，后来随着案情的发展，真恰如一场京剧武打戏“三岔口”在此上演，但是却为人们留下了深深的惋惜。浑江城村中有六七个村民组，三百多户人家。两条东西走向的街道，南边街村民习惯叫前街，北边的叫后街。两街中间各有十字路口通向南北胡同。村北面村庄基本都属北京市，西面邻村是北京市房山县有名的大集镇长沟镇（今日已是北京旅游景点长沟湿地公园）。

浑江城村村名的由来，是因这村地势奇高，在村里放眼一望，四面皆低。除和北边邻村相接地势稍缓些外，其他三面地势都低。尤其是东、南、西三面，是房山泉水下泄形成的河流——夹河水通过，并汇入胡良河，方圆四十里是地势低洼、自流泉丰富的产稻区。河流纵横、沟渠交错、良田沃野，是民间所传从上古时代即存在的四十里小浑江地带。村从小浑江洼地陡然而起，村里地面要高出东、南、西三面稻田地许多。就连南面杜村村中的旱地房顶也没有这村平地高，可见此村高出周围多少。可以说是地势突兀，高悬平坦，如城如堡，故名浑江城。叫城还有一起因：西汉汉元帝初元五年（公元前 44 年）封倾王子刘容为西乡侯，侯国封地当时叫西乡县，属涿郡。经考证，当初侯国城南北长一里（五百米），东西宽半里余（三百六十米），城墙高近三丈（八米余），浑江城正是侯国城旧址。多年来村里不断挖出战国、汉、唐陶器、刀币等遗物，说明当初的繁华。现村西北仍残存一段三四十米长的古城墙遗址，见证着当初古城堡的昔日风光。现进村三条道，东面、南面、西面均是爬坡而上。我们今晚驱车从南面爬行三十米的大坡进村，在派出所罗所长和村治保主任带领下到了现场。

现场在村西北角，村北即是一片旷野，南边靠近通向长沟镇的道，因是前几年新批的宅基地建的房，所以位置上离村远，四外只几家住户。这是一个典型的农家院落，三间北房，两明一暗。院子没有围墙，只稀稀落落的有几棵榆、杨树，并未成材。院里西边角还堆着一些废铁、钢筋，存放散乱。而有一些类似铁轨道钉的东西大约堆放有一米厚、两米宽的样子，却码放整齐，显然还很新，像新从铁匠炉里打造出来似的，后来才了解到确实是新打造出炉的。在勘查灯照射下，看院子里大致并无异样，便进屋内勘查。屋内外面两间是东炕，屋内地下摆放有电线、漆包线、小电机。还有几台电视机，都是九寸黑白的，只有一两个十二寸的，不像后来都是十几寸、二十几寸的大型彩色电视机。屋中间是一大方桌，比普通的八仙桌子大，属长方桌，上面铺一张蓝色塑料布，桌上还摆放有几台样式各异、大小不等的收音机、小电机。桌角上安有一修理工具台钳。电器有的拆开还未组装上，看来房屋主人是修理收音机、电视机并缠装小发电机的。东面炕上没有像样的东西，只是一些杂物。屋内地上北面靠墙有两个半人高的橱柜，柜门有锁都被撬开，里面的一些电器散乱放着，有的落在了地上。正北墙靠东边是一个后窗口，二尺余见方已打开，下面堆起三台电视机，看来是从北窗口入，又蹬电视机从北窗口逃走。

受害人肖远旺侧身半仰面躺在地上，头东北脚西南，双眼圆睁，似乎对发生的一切仍在恨恨不平。只见其前胸左肋两处锐器伤，均达要害，看来凶手下了死手。肖远旺只穿裤子，未及穿上衣，看来是听到动静冲到外屋，仓促应对，所以被害。细勘查，大方桌下地上有一柄长近一米，粗近二十毫米，即台球杆顶端粗的大铁通条，捅地炉子用的，当地俗称大火杵。火通条竟然把大方桌上连同铺方桌的蓝色塑料布一起打成一道近二寸深、二尺多长的深沟，可见力道之大。查外屋炉炕板上未有通条放置孔。进里屋查看，见是南炕，夫妻及二子女睡炕上。地上地炉炕板上有通条插孔，生有炉火。看来屋主人是从里屋拔出通条冲出外屋和凶手搏斗。这一通条应是打偏了，不然，打在头部可以致命，打在四肢也可筋断骨折。地上除受害人流出大量血迹外，北墙上攀爬处有血迹，看来凶手除沾染受害人血迹外，本人也可能受伤。因火通条长有一米，可能要比凶手所执锐器长，凶手可能受伤。北墙地上和窗户垂直处，遗落一只带血白色线手套。靠墙垒叠起方便窗口逃走的三台电视机中，最上面一台留有不完整的半个前掌足迹。地上足迹显得非常杂乱，系二人搏斗时所留。除受害人足迹外，凶手足迹均不成形，重叠，有的半前掌或后掌。因屋内地下条件所限，取像，石膏灌制模型，均不理想。进里屋勘查，肖妻甄文平裸身半卧，胸前一刀致命，看来是惊醒欲起身即被害。一儿一女都不满十岁，案发后村干部已安置到族亲家。

现场并不复杂，然而却是连伤夫妻两命，险些灭门的凶杀大案。我们转过房的后面，从模糊足迹上看出凶手从窗口跳出屋外。屋外是野地，理应条件好，足迹清楚，但实际上，足迹仅勉强能辨认，因太模糊灌注后也无参考借鉴价值。经“灵芳”和“乐鹏”二犬追踪，只见足迹是大步幅向北边野地里跑去，但跑不远就是柏油路，足迹消失，追踪条件受阻。经指挥二犬向附近几百米内圈踪追踪后，未发现凶手足迹，看来凶手确实是经柏油路逃走了。而这条路几里外便进入了北京市房山县地界的长沟镇所辖区。

现场勘查完后，村干部介绍了受害人家庭基本情况：受害男主人肖远旺，二十九岁，中等以上个头，为人耿直、忠厚，体格壮，人比较聪明，现家中经营着修理电器、电视机等项，脑子好使，什么东西一看就懂、一学就会，所以文化虽不高，却能修理各种电器，并作为职业谋生。除此之外，因脑筋活络，他还能发现商机。他见邻近的北京房山县大小煤矿放开，有的已允许个体经营，因矿井里的巷道需走小铁轨装煤车，铁轨需用道钉，因此他开了个废铜铁收购站，专门收购废旧钢铁，之后到邻近铁匠炉打成道钉向煤矿出售。不要小看修理电器和打道钉这两项，因当时是一九八八年，改革开放才几年，挣钱的门路还少。他一家四口人的日子过得相当不错。妻子甄文平二十九岁，当村娘家，也很能干，可说是贤内助。二人吃苦耐劳，勤俭持家，生活可称小康，在村里已是中等以上人家。要说是村里的什么冒尖户、富户还谈不上。这从他家宅院、室内陈设也可以看出来，毫无特殊之处。

听完村干部对受害人个人、家庭状况的介绍后，王树春队长，孔繁瑞指导员召集罗红所长，李晓坡科长，张津生副科长，崔玉林、徐冬波等民警作案情分析：结合现场来看，连伤两命，可谓下手不留情。只有孩子熟睡未醒得以幸免。仇杀？经村干部进一步介绍，夫妻二人辛勤劳作，处世安稳本分，又都当村人，族人、亲戚虽多，但和村人都相处融洽，平时并未和哪个结怨。情杀？甄文平助夫劳作持家，相貌并不出众，平日村里人对其也无闲言碎语，肖远旺也无外遇，所以情杀一说无从谈起。排除以上两项之后，再结合现场屋内靠墙两立柜锁均被撬开，两柜内东西均被翻出，并未珍惜抛于地上，那么，并非找物，显然是在找钱，是为图财而来。而肖氏夫妻不论维修电器还是打造出售铁道道钉都能收入现金，盗贼是奔现金而来。因当时人们收入现钱之后还无存入银行的习惯，大都是放在家里，因此，才可能招来盗贼。因对肖氏夫妻这一情况熟悉，本村人作案可能性大。因在外屋将肖杀死后根本无必要再进屋杀死甄文平，因甄文平未及起身即被害，很可能肖远旺认出凶手后，凶手怕暴露身份才杀人灭口。当然也不排除邻村人，了解肖家情况，肖家处村外偏僻地方，屋后又无外墙，因而对肖家好下手的可能。据此，破案组当即决定：一、考虑到凶手手上或身上可能带伤，需就医包扎，或不能在本村乡就医，也不敢在邻近的长沟镇就医，有可能北逃琉璃河、良乡和长辛店就医。马上组织警力赴琉璃河、良乡和长辛店的卫生院、医院去查找有无昨夜和今日来就医的，身上有外伤的人所报住址和体貌特征。同时立即对村内青壮年梳理排查，看有无昨日还在而现在未归的人。二、据现场凶手从北墙窗口先爬入屋，后垫电视机蹬攀窗口又钻出屋外来看，凶手应属体力强壮，蹬攀能力强的年轻人。又据窗口仅约二尺见方，还应该是体形偏瘦的年轻人，如是中年人体形稍胖便不易从窗口钻出。而据外墙窗口距地面距离算，凶手身高应该在一米七以上。因此，王队长、孔指导员马上将赴现场警力和罗所长所带警力分成三个小组，在村治保会引领下，立即对村里十八至三十五岁体形偏瘦的年轻人进行了逐户排查，争取趁刚刚发案，时间短，群众记忆清晰，抢时间尽快摸清底数。连夜排查至天明，本村平时有偷摸行为的青年夜间均在家，早上也无异样，未见摸排对象带伤。早上碰头研究后决定，将对象扩大至平日无偷摸劣行和盗窃前科的青年也要摸清昨夜至今日的行踪。

一转眼，三天过去了，对这个不大的村里的青年已反复摸排了几遍，却无头绪，陷入僵局。王队长遂召集孔指导员、罗所长及民警开会，再次分析案情，就目前情况看如何调整方案。但在汇报中有一个情况引起了王队长和孔指导员、罗所长的注意，即在摸排工作中有一小组反映，刚才掌握到的情况，村内有一租房开小商店的男子，当夜摸排时他虽不在家，但家人说他夜宿在小商店了。摸排的是新民警，到小商店问了一下房主，房主人说好像在，又听说和受害人是本家，同族同宗还沾亲，就未坚持必须和摸排对象见面以确定有无作案条件的原则，而未见到本人。直到这次复查时才发现他这三夜均未在小商店住宿，当然也未在家住宿。原先未对此人留意，现在才发现他这三夜三日里并未在村里存身，且不见下落。问其家人，家人也只说未见回家，问去向，家人说未曾留话，说可能有事回老家去了。怎么还有老家？难道不是本地、本村人吗？王队长、罗所长要民警详细汇报。原来此人叫杜文德，今年二十九岁，原籍是邻近的北京市房山县山区长流水村人。于十年前招赘到本村甄家，故现在名称叫文德。其妻还是受害人甄文平的叔伯姐妹。招赘后生有孩子，现在本村中心租一农户临街房开了一个小综合商店。甄文德身高一米七五左右，体形偏瘦。王队长、罗所长等一听就急了，怎么做的工作？出现如此失误？遂命马上摸清甄文德的下落和基本情况。经查，甄文德自己原来的家生活条件很差，他家兄弟又多，无力娶媳妇进门，十多年前，经人介绍来浑江城村甄家招赘为婿。平时为人机灵，办事活泛，遇事会顺情说好话。脑瓜也转得快，精于算计，因此在前两年在村里中心临街处租了人家房开了间综合商店。嘴甜，手脚又勤快，有些人缘，一时小店经营得还可以。去房山县老家一了解，他这几天未曾露面。再了解其亲属，主要社会关系处均不见其露面。情况汇总上来后，王队长、罗所长、孔指导员等人陷入了深深的沉思之中：从案发当晚至今四五天了，这个受害人的叔伯连襟，本该与案件无关之人，竟然在妻儿、老家父母兄弟、主要亲朋面前突然消失，甚至是人间蒸发了一般。媳妇、孩子抛下不要，老家亲人未打招呼，精心打理的商店也未及安排处理，竟然随着案发而迅速消失得无影无踪。而他身高一米七五左右，体形偏瘦，且对受害人家熟悉。以上这一切说明，他的突然消失应该和案件有关，他极有可能就是作案人。又是几天过去了，甄文德仍是像石沉大海一般音信皆无，又像是飘走飞散的一缕青烟无影无踪。涿州市公安局向附近发了协查通报。又过去了几日，仍无甄文德的一丝消息。考虑发通缉令，但发通缉令一要县公安局、地区公安处、省厅逐级向公安部请示呈报，二要附上相关证据资料。案件现场遗留物——带血线手套和足迹等均在，警犬追踪的嗅源已作技术处理提取，但对嫌疑样本材料即“所求物”的提取受当时条件所限，还需时间。王队长、孔指导员、罗所长几人商量，为抢时间，干脆一面请示领导发通缉令，一面要求扩大协查通报为跨省市范围。通过扩大范围发放后，刑警队警力撤回，罗所长掌握此案进度。

结果一年过去了，两年过去了，杳无音信。三年过去了，五年过去了，甄文德仍是踪迹皆无。几年里，既无露面，也未向家通信或用其他方式联系。其老家房山县亲朋处也是如此。转眼到了一九九五年初冬，这已是案发第八个年头了，仍无音信。

突然，在1995年11月21日这天，北京市房山县局向涿州市公安局刑警队打来了电话，说1988年浑江城凶杀嫌疑犯甄文德现在新疆，要求我局来人联系押解案犯嫌疑人事宜。刑警队领导一听之下，无限感慨，果然是这个甄文德作案！他竟然潜逃到了新疆，而且一隐藏就是八年。刑警队队长马上派民警崔玉林、周玉强，考虑到长途押解，又抽调了县武警中队两名战士配合押解。出发之前，崔玉林他们先到房山局了解情况：原来甄文德在新疆因涉案落网时，交代出1990年曾在房山县杀人。电话打到房山县局，房山县局回复新疆公安机关说，他不但在房山县杀过人，还曾于1988年在河北省涿州市杀过人。考虑到在涿州杀两人是重案，因此通报涿州，要求涿州按规定并案处理，并将案件材料移交到涿州市局。

接案件移交材料回局后，崔玉林、周玉强及两名武警即从涿州到北京机场，平生第一次乘坐飞机，于11月27日赴新疆乌鲁木齐市，飞行数小时到了乌市。他们从机场乘大巴车到了一铁路招待所，安排住宿后第二天到了市南郊天山分局小凉河派出所和当地民警接洽，因当初是小凉河派出所和分局先通知房山县公安局的。经和派出所胡所长等人了解情况后才知道，原来近期乌鲁木齐市开展声势浩大的打击吸毒、贩毒攻势。接到举报，有一对夫妻贩毒，于是按举报线索抓到贩毒夫妻二人。收缴的毒品经检验是瓶装柠檬酸，与毒品的包装、容量都类似，极像是毒品。被抓获收容审查的二人供称是夫妻，北京市房山县人。经鉴定并非毒品后正研究对其二人怎么处理，不想被分别关押的那人的妻子突然举报她丈夫杀过人。民警当时还将信将疑，遂对那男人进行审讯，要求他交代真实姓名、原籍、住址，并交代在原籍杀人的罪行。这人当时蒙了，自然知道这话只能是他冒牌的妻子提供的情况，见隐瞒不了这才如实交代：自己叫甄文德，原籍北京市房山县人，后迁居河北省涿州市浑江城村，在 1990 年秋在房山县北关杀过一中年妇女。这才有了小凉河派出所和房山县局联系，随后又带出了涿州杀人案。崔玉林和周玉强到天山分局看守所看了一下这个浑江城凶杀案发至今八年才得谋面的甄文德。只见他三十六七岁的年纪（案发时二十九岁），身子和面容比协查通报上的照片更显瘦了，已是脸瘦如刀，眼窝深陷，身架瘦骨嶙峋，一米七五的个子显得细高，看上去像是吸毒和正在生着什么病。只是两只眼珠还在滴溜溜地转动，表情复杂地打量着崔玉林、周玉强和两个来接他的武警。明显地露出了极强的求生欲望。

崔玉林一行由于乘飞机来的，所以按航空管理规定无法携带武器和脚镣、手铐等械具。但对于这样的重刑嫌犯必须加戴械具。脚镣无法解决，火车上也不会容许有戴脚镣的旅客，只好将甄文德的双手铐上。为了进一步取得甄文德杀人的罪证，崔玉林一行在派出所民警协助下赶到了和甄文德同居的妇女张明芬租住的市南郊的两间平房。谁知和房东一了解，姓张的女人被解除收审后回来到房间收拾了一下衣物说上趟街，从此就没影了。至今已走了二十多天了，房租都没交够。看来真是应了俗话说的，夫妻本是同林鸟，大难临头各自飞，何况这是一对野鸳鸯，更是如此了。工作只好至此作罢。崔玉林、周玉强、武警战士对当地派出所民警表示了感谢和敬意后，立即到看守所押解甄文德。

崔、周和两个武警都是自幼歌唱着“我们新疆好地方啊，天山南北好风光”长大的，对遥远的新疆，尤其是对天山、天池、博格达峰都充满了向往，对戈壁滩、大漠、草原充满了眷恋。可今天真到了这自幼魂牵梦萦的美丽地方却不能游览。当派出所同志介绍，这是乌市的南郊，南面不远几十里路就是新疆有名的哈萨克草原牧场和南山风景区，可以看到电影上见过的哈萨克民族风情“姑娘追”，吃到哈萨克美食“羊肉手抓饭”。南山风景区的瀑布飞泉一冲而下，到了冬天，悬崖冰瀑又是一番景色，典型的西域风光。但他们任务在身，前来押解的是两案三命的杀人嫌犯，只好留下遗憾，托新疆同志购买了火车票，于当日下午6点就坐上了返程火车，市区、郊外哪里都未容去转，东西南北方向还未适应就押解甄文德踏上归途。上车后，立即和列车乘警取得了联系。可以说这三日里急如星火、马不停蹄，上列车后又开始了七十二小时的归程。

在返程途中，小崔和周玉强、武警，上铺睡两个，下铺两个，加甄文德共五人。白天好说，夜间分班睡，民警两人和武警两人混合分上下夜值班，看定甄文德，两天过去了平安无事。这天入夜车到西安，两天两夜不得走动，几个人比较乏了，可甄文德这小子吃得饱、睡得着，倒是一副无所谓的样子。事后的差点儿失手，才知是他故意麻痹民警有意为之。车过西安后，夜色沉沉，也不知行到哪里了。夜里十二点过后，随着列车咔嗒咔嗒的催眠曲声，乘客们大都在梦乡。两天多的疲乏，大家体力明显差了，但得坚持必须安全地把嫌疑犯带回涿州。到了下半夜虽有武警值班，但是崔、周二人看两个战士太年轻，容易疲乏，所以不管是不是自己的班，也不敢大意、不敢睡沉，时不时地瞥一眼甄文德。在这时不时的探视下，崔玉林忽然觉得有些异样。他见甄文德未睡着，睁开的眼睛里竟然露出了一丝得意的神色，逐渐反射到了脸上，竟然是很开心的微笑。真是奇怪，这几天涿州民警一到，他知道死期将至，一直神情沮丧，怎么现在上车两天了，可以说离家乡越近离死期越近，这是回涿州挨枪毙的路，有什么可高兴的呢？在这夜静更深之时，是什么原因使他这么高兴呢？小崔向甄文德的手铐看去。这一看，甄文德一惊，立马向旁边挪动，这更加深了小崔的怀疑。小崔起身要检查他的手铐，这一下甄文德急了，马上向上一跳。小崔当过兵，不及过脑思考，立即向前一扑，同时挥拳打向甄文德的头部，随即向脸上又是一拳。甄文德被打倒滚在地上了，嘴也被打出血了，手铐滑落在地。手铐已被打开，只有一只手还被铐着，等于没有戴铐。原来他已经打开了手铐，只是在等待车停站后寻机逃跑。但是他的眼睛和脸上得意的神色让他泄了底。小崔一看他的手铐，他沉不住气了，才露了馅儿。幸亏小崔心细，察言观色看破了他的反常，不然，后果不堪设想。细看甄文德开铐锁的工具，原来是一本乘客翻开的画报封面的硬皮，被他撕下半页，卷成卷，再向锁孔内瞎戳，过一阵后竟然打开了。问他哪学的？他说收容审查了三个月，里面什么人都有，是一些多次服刑劳改过的犯人教的。他说捅开锁已将近半个小时了，本打算在下一站就乘黑夜民警不备逃下车，不想被识破了。甄文德这一说，几个民警身上的乏意立即全消，连班也不分了，把甄文德来了个背铐，四双眼睛盯着他。过了潼关的黄河大桥，进了河南省地界，第三天进入了河北省地界，向窗外一看却是漫天大雪飘舞。晚八时多就快到涿州了。因是特快列车，涿州站不停，需在终点站北京停。这时雪越下越大，已经到涿州站了，快车竟然停了。小崔一行还纳闷，不是涿州不停吗？结果列车上广播，因北京大雪，列车晚点。在涿州一停十分钟过去了，小崔一行急了，到家了还不下车，绕北京干吗？马上找车上乘警联系说明情况，经列车长同意，开门从涿州站下了车。下车后未及和局里联系车辆，几个人租了辆车站上的三蹦子（柴油三轮车），冒着夜里的寒风，将甄文德押上车，一直开到看守所入了监号，两名武警归队，小崔和周玉强这才如释重负，任务完成。

一天后，在公安局刑警队的办公室里，甄文德从看守所被提出带了进来，几位刑警队领导打量着这个潜逃八年，逃跑中仍继续行凶作恶的匪徒，只见他一米七五的身高，三十六七岁年纪，确实还是体形偏瘦。看来八年的奔波，生活、精神上不会太尽如人意，毕竟他心里得惦记着血债血偿，总有一天得落在网里。又看他脸上神色不温不火，看不出有任何表情。从衣着上看，穿的一身西装裤褂，里面套的是棉衣裤。因新疆天冷，他这身打扮已算是薄衣衫了。从穿着上也看不出他在外究竟是勉强混下去，还是混得可以。要他先交代八年前杀害肖远旺、甄文平夫妻的经过。他竟然说，也想到可能早晚有这么一天，但没想到是落在了今年。问他此话怎讲？他说，要不是那个娘儿们（指那个同居的女人）出卖我，我还能再混他多少年。看来，他对遭同居者揭发真实身份还耿耿于怀。他又说道，在西安的火车上差一点儿就逃过这劫了，没办法，今年在乌鲁木齐火车站算卦就说今年有难，看来应了。原来他求生的欲望很强，对遭同居者举报，在西安段火车上挣脱手铐未跑掉，充满了惋惜。看来这个杀人惯匪已走火入魔。多留他一日在世上，只会有更多的人受害。几个领导义正词严，向他说明作恶不受惩罚是不可能的，逃得了一时逃不了一世，只争来早与来迟，还是交代罪恶的好。他叹了口气说，也只能这样了。随即便开始交代八年前的那桩血案。原来甄文德入赘甄家后，这家条件要比他房山县山区家里强多了。因这里既是平原又是半稻田区，稻、麦皆收，生活水平高。他入赘的这家在村里北街，即村里说的后街，十字路口路西一家。门向南开，院落不大，三间正北房，两间西配房。入赘的甄家，和肖远旺媳妇一样，同是当村甄家人，不但同姓，还沾点儿远亲。所以两家虽说不上多么亲近，但关系要比一般邻居要好。事情的起因是案发前的十多天的一个上午，甄文德正在街里他租的老薛家的临街南房商店里照顾店铺，当时也无顾客。这时肖远旺拎着一个人造革的黑提包进来，二人打了个招呼。肖远旺说找老薛，房东老薛闻声从北屋出来说："有事啊?"肖说："麻烦你个事。"老薛往北屋让，肖远旺说不进屋了，随即把提包放在了甄文德的柜台上说："有几张票子被耗子咬了，拼不起来，麻烦大哥给兑换一下。"原来，老薛的儿子在市里银行工作。提包虽未打开，甄文德也听清了肖远旺是找薛家在银行工作的儿子给兑换新币，老薛还是让肖远旺进了北屋。甄文德在审讯中说：当时以为肖远旺只是换些残破的钱，没太在意。因院子不大，屋子也近，所以薛、肖二人的对话听得很清楚。老薛说："你是怎么弄的，都这么破了，怎么清点呀?"肖远旺说："好不容易挣下俩钱，也不知搁在哪里好，这不，除受潮发霉的，有的还让耗子咬了，有的不够多半张了，有的将将还剩半张，你看怎么也得给换一下啊。"老薛说："够半张余的好说，你看这只有一角儿半边的这怎么换呀?到底有多少呀?瞧你这怎么搁的钱呀?"肖远旺说："我清点了，多半张的七千多，差不多八千，你看这边角不够半张的也给换点儿吧，小一万块钱呢。"什么，一万块?听到这里甄文德的两个耳朵都竖起来了，心也开始怦怦直跳，他觉得脸都开始发热了。这个肖远旺这几年修电器，打道钉，看起来并不起眼，怎么现在竟然趁一万块钱？这钱看起来是分头埋起来的，塞墙缝、炕洞边了，不然的话不会受潮发霉。虫啃鼠咬的才会残缺不全拼不出多半张了。他竟然光搁了这么久（起码一两年）的钱就有一万块，那私下还得有多少啊！起码两万！甄文德的脑子迅速转开了，至于人家后来的对话他根本没听进去，只是怔怔地望着北屋发呆，以至于进店买东西的人到来他都未察觉。人家叫他，他都没听见，又大声叫他，他才回过神来，转过身来看。买东西的老乡见他精神恍惚，还叫他说："想什么好事呢？进来人喊你都听不见。"他忙打岔说："没事，没事，你要点儿什么？"买东西的人走了，不知为什么，他心里再也平静不下来了，心烦意乱，魂不守舍。肖远旺向房主老薛告辞出屋，穿过店铺出院他竟然未顾搭理。晚上回家后他失眠了。这一夜他在想，怎么没看出来，他肖远旺早已是万元户了，可他在村里并不起眼，他的那个买卖也不显眼，没想到竟然闷声不响地挣了大钱。也难怪甄文德这么想，因为当时万元户是大户，一般在村里都令人羡慕。看来肖远旺是个例外，他不显山不露水，但也挣了大钱。要不是今天甄文德无意中听到，是很难令人相信的。因为肖远旺两口子过日子，没日没夜地干，并不张扬，也舍不得花钱，只是苦挣、苦攒，除去生意上的投入、支出，生活非常节俭。所以任何人看不出他夫妻有了钱。

第二天夜里甄文德还是睡不着，睁着两眼在想，因为他并不认为肖氏夫妇有多大本事。认为论经营、论算计，自己比他们强，租房开商店小日子可以，别人还说他行，怎么弄来弄去，这一看比肖远旺差得远，他都趁一两万了，可自己五千都不趁。

第三、四夜仍然睡不着，这时睡不着是考虑如何来钱的道儿。考虑来考虑去没有多少道儿，都不容易做。抄近的道儿倒可以试试。于是，一个邪恶的念头在他的头脑里产生了。在以后的一段时间里，他注意了肖远旺到薛家的次数，考虑肖远旺何时拿回兑换的钱。与此同时，他随便找了个借口，很自然地到肖家串了两次门。尽管知道他家内的情况，但还是登门观看了外屋，顺便也不动声色地察看了里屋，望了后窗。趁无人注意时他又溜到村边，在肖家屋后仔细看了后窗，小窗户的窗扇，窗口的大小，离地高度。

这样到了12月的中旬，他确信肖远旺兑换的钱已到手，于是在12日的深夜11点过后，他溜到了肖远旺家后屋墙外窗口下，从身上抽出一副精心制作的蒙住头脸只露出两只眼的黑布面罩戴上；随身带有一把改锥，一把平时在家闲置，前几天却背着妻子精心磨过的尖刀。意思是尽量智取，也得防意外。四外一望，天黑、风冷、四野无声。村里早已没了灯火，村人都在沉睡，因农村还是习惯于早睡。又靠墙在窗外和里屋墙外耳贴墙皮听了肖远旺家屋内，无灯光、无声响。这个时间已12点左右，应该是睡意正浓。他一咬牙，双手一搭肖远旺家北房屋后这个窗口，几天前选的入口；还行，窗扇未关，轻轻地无声响地推开，随即攀上了窗台；先一脚伸进去，继而转身入内，双手攀住窗口双脚慢慢下垂，等于身体的延长，转眼脚已着地，无声无息。他扶着北墙边的立柜，向里屋听去，里屋有一粗一细的鼾声，说明肖氏夫妇已然沉睡。按照多天前的窥探情况，他确信钱藏在两个立柜内，因为两个立柜在屋内都应是肖远旺修理电器时装工具、电料用的，这些东西还用加锁？谁稀罕这些呢？所以他断定，两个锁着的立柜里有钱。因此，他高度警觉地在黑暗中用随身带来的自己店里卖的一瓶塑料瓶装的带注射口的缝纫机油，摸索着注入两个木柜锁的开合孔内，这样撬锁时发出来的声音会轻。果然，他分头撬开了这两把锁，都是发出一声脆响，声音不大。他扭头向里屋望去，觉得肖氏夫妇不可能听见。于是他向柜内摸去，谁知摸来摸去都是一些电器、电线、小电机、辊子之类。他很丧气，再摸另一个立柜的橱柜，也是这些东西。他心想：真他娘的见鬼，没钱，这些东西还用得着上锁？他忽想起靠西墙还有个小箱子似的铁盒子，也上着锁。难道摆在明处，让你看着是工具箱，其实却藏着钱？让你明着搁着却错过？有这种可能！这时的甄文德已心情急躁，也忘了给工具箱上的锁注油。用改锥一撬，咔嚓发出了声响，铁皮工具箱陈旧，铁皮又薄，一用力便扭曲还发出一声嘎吱的铁器声响。他吃了一惊，怪自己莽撞。这里离里屋门近，细听屋里无动静，他这才放心去里面摸。一摸之下是扳子、钳子、改锥，正在丧气，忽然手触摸到了工具箱下面有厚厚一沓纸币大小的纸样东西，凭手感绝对是钱币。他大喜过望，一摸又是一大沓，心想，大几千块绝无问题。他赶紧摸出这两沓装进腰里，又反复摸了摸还有没有。受此启发，他在黑暗中又打量大方桌，心想，方桌下会不会有暗柜盒呢？想到这儿，他又悄悄走回这个外间堂屋的中间，在大方桌下四角开始摸。你还别说，真让他猜着了。大方桌北面西北桌角下真有个小暗抽屉，上面有锁。这时的甄文德心想，工具箱打马虎眼藏钱，这个桌下的抽屉里更会是钱了。他发出了无声的大笑。由于精神过于亢奋，以致里屋发出的细微声响他竟然没有丝毫觉察。还未容得他乘着高兴劲给暗抽屉的锁注油、撬开，忽然里屋的灯亮了。一看是里屋的灯光，他脑子里一闪，坏了。还未容他回过神来，只见里屋单扇门呼地推开，一人一大步便蹿到了外屋，手里攥着一根黑乎乎几尺长的棍子向他冲来。来人喝道："你是谁？"甄文德一见肖远旺冲到外屋来喝问，他哪敢搭言，一搭言不就露馅儿了？未容他搭言，肖远旺已是一棍打来。这时甄文德慌了神。退吧，方桌挡住了，下蹲也得挨砸。急中生智，干脆向方桌上一滚躲过去。说时迟那时快，肖远旺的棍子已带着风声呼地拍过来，只听啪的响，硬生生地砸在了大方桌上，竟然砸出了一道深沟。甄文德听声音才知是铁棍，因为要是木棍，这么大的力道早拍断了。偷眼望去，原来是捅地炉煤的大铁通条，俗称火杵。几尺长，细擀面杖粗，前端有尖，能打能扎，有好几斤重。打木方桌犹有寸深沟痕，而甄文德是肉身凡胎非比木桌经打。这要是打在甄文德的身上，打头，脑浆迸裂；打胸，胸肋骨折断；打腹，肠断腹破；打胳膊腿，筋断骨折。肖远旺冲出里屋一见贼人还蒙着面，怒火中烧，冲上去就是一通条。力道够了，可惜初见贼人蒙着面，深感意外，神情一愣出手稍微晚了一丁点儿时间。就是这一丁点儿时间，使甄文德乘隙侧滚过了方桌，逃脱了不死即重伤的致命一击。即便如此，他从北向南滚过方桌的右手落在桌外，被这根铁火杵扫上了。这一扫也使他右手背皮破肉绽，连皮带肉扫掉了一块，鲜血立时渗红了白手套。可见如砸在手腕、手背上肯定是筋断腕折、五指粉碎。若不是肖远旺愣了神，这一火杵肯定重重打在了甄文德身上，他还能爬得起来？甄文德被吓得出了一身冷汗，暗自庆幸得了性命。一击不中后只听肖远旺连声问道："你到底是谁？是赵四吗？"赵四是北边邻村的一个无赖，行四，年龄、体型、身高与甄文德还真是差不多，所以有此一问。肖远旺越看这个蒙面人身影越熟，在近前向甄文德又一火杵打来时就又猜测着说道："你是韩六。"韩六是南边一个村的青年，兄妹中行六，年龄、身材、高矮胖瘦和甄文德也相仿，偷鸡摸狗劳教过。这时的甄文德陷入了窘境，手里有把改锥，等于没用。右手摸了下腰，但尖刀短，未敢往外掏，因以短击长占不到便宜。但他这个动作却给肖远旺提了醒：匪徒身上有凶器，不能大意。肖远旺论个头稍比甄文德矮些，但比甄文德粗壮，又常年劳作有力气。而甄文德比肖远旺瘦高，身子灵便。于是，二人各有所长，只见肖远旺手持大火杵，犹如一根大铁棍，说书场还常说棍锤之将不可力敌，何况甄文德的尖刀根本不敢从腰里掏出来。就这样肖远旺长火杵在手，胜券在握。他对蒙面贼人边打、边攻、边追，凭着力大杵沉，正义在胸，绝不轻饶。而甄文德这时却是凶器不趁手，打又没法打，只能是边躲、边闪、边退、边绕大方桌迂回，以免被大铁火杵砸到。他边躲闪边欲夺门而逃。可肖远旺哪里给他这个机会！他刚往门边一挪，肖远旺往前一杵挡住，这样只好又转回屋中央。就这样，两个人在这外间没生火的堂屋中，围着这一张大方桌，这一对甄家的门婿，一时在这昏暗的外屋中演出了一场现代版的“三岔口”。京剧“三岔口”是描写北宋三关上将任堂辉和流落番邦的宋将——店主刘利华同为保护焦赞而发生的在宋、辽交界处——三岔口店屋中一场摸黑的误打误斗。可现而今同是在宋、辽交界处浑江城新的三岔口上，肖、甄相斗却是真正意义上正义与邪恶的搏杀，真正的以命相搏。肖远旺急于撕下对手的面罩，看看这个进屋盗窃的贼人到底是谁。他怎么看眼前这个身影都特熟，好像常打交道，可就是想不起也看不准是谁。连叫了两个可能是的人，对方反应也不大。他哪里会往甄文德身上想？只可惜肖远旺这一念之差，耽误了大事，铸成大错。他本应该大喊报警，叫街坊、邻居起来，如这样，恶贼还能往哪里逃？他让盗贼气蒙了，非要盗贼现出原形，因此忘记了向乡亲、邻居报警求援，或叫醒妻子叫她跑出去喊乡亲们前来捉贼。他大意了，觉得利器在手，自己一人足以对付贼人。这一大意叫他付出了生命代价，也让家庭付出了惨痛的代价。正像甄文德在审讯中交代的：最怕肖远旺叫醒他媳妇一块喊乡亲们来。那样自己就跑不了了，结果肖竟没有喊。在争斗中，甄文德为了躲大铁杵，仗着体瘦身子灵便，个头又高，就一个虎扑，直接扑过两米宽的大方桌，落地后就手一个前滚翻。刚爬起来，大铁杵又迎头拍来，慌忙又回身向大方桌下一蹿，蹿过对面，来个狗吃屎。可以说手忙身乱脚也乱，丑态百出，狼狈至极。这时的争斗，肖远旺手持铁杵绝类佛寺里天王殿弥勒佛身后手持降魔杵的护法神韦陀。他一大火杵下去，甄文德这个恶魔就得赶忙连躲带闪，连扑带蹿，生怕被降魔杵扫上，筋断骨折。肖远旺此刻又像一个耍猴的艺人，大铁火杵一举，好比一棒铜锣响，随着锣声响处，甄文德这个活猴为了顾命就得上扑方桌落地前滚翻，下蹿方桌前扑狗吃屎，就差猴子爬竿了，但屋里也无竿可爬供他逃走。几个回合下来，甄文德已是冷汗淋漓、气喘吁吁，有些招架不住了。肖远旺再问他是谁，他还是不敢应声，所以肖远旺抡起大火杵步步紧逼，非要撕下他的面罩，要他现原形不可。就这样二人在外屋闷声打斗，甄文德左躲右闪，上蹿下跳。不知道的还以为他会什么功夫，而实际上他并不会。只不过是形势所逼，性命攸关之际，不得已而为之。也是事到临头，不得已而生出来的贼智和贼力。平时人们常说的贼有贼智，贼有贼力，就是指甄文德这种境遇而言。在昏暗的里屋照射进外屋的一束黄色暗光下，在黑沉沉的冬日暗夜里他们真像三岔口戏里一样。京剧三岔口是任、刘二将围桌黑暗里打斗，而肖、甄他俩现在浑江城这个三岔口也是围着一张大方桌却是在微黄灯光下拼命，只不过甄文德是一个蒙着面见不得人的鬼魅而已。甄文德绕桌跑，肖远旺在后面追，甄文德蹿桌底、扑桌面疲于奔命。正如甄文德在审讯中的交代：说句实在话，肖远旺抡着那个大火杵，只要再追着我闹上三两个照面，再拍上我两三火杵，我也没力气了，躲不开了。我觉着已离大火杵拍到身上的时刻不远了。因为我身架都快跑散了，都准备着挨大火杵砸了。也就在这时，甄文德又一次从方桌下扑逃了出来绕桌又跑时，肖远旺从方桌的另一端照例又一拦截。忽然肖远旺一愣神停住了脚步，同时惊叫道："是你!?"这一声喊如同晴天霹雳，惊得甄文德浑身一震。他马上向头上一摸，哎呀，原来扑上桌、蹿下桌、折跟头的一阵折腾，蒙面头巾掉了。肖远旺深感意外愣住了。是呀，想破头也不会想到是他呀，怪不得他不敢搭言。这时甄文德见肖远旺一愣神的工夫，尤其是他见那索命的大铁火杵已不自觉地捶下来的工夫，心想活命的机会来了。这个狠心的贼匪他眼珠一转有了主意。他装腔作势、声带悲音地叫了声大哥、姐夫（按乡亲辈如此），又尽力挤了几下眼睛，竟然挤出两滴泪来。遂又欺身向前跨了一步缩小了和肖远旺的距离跪了下去，仰面假作满脸凄惶之色对肖远旺说道："大哥，我错了，我混蛋，我鬼迷心窍了。"说着从一双细眼睛里又挤出了两滴眼泪并低下了头。其实他两眼余光仍在偷窥着肖远旺的脸色。面对着一波三折瞬间多变的场面，肖远旺当时五味杂陈，思绪乱了。他万万没想到贼人会是甄文德，这个叔伯连襟常来串门的亲戚，这太意外了。这个耿直厚道之人一时接受不了这个现实，他犹豫了。正在他犹豫该怎么办时，甄文德没犹豫，机不可失，麻痹起作用了。他趁肖远旺一分神，一跃而起，随即暗中拔出尖刀，左手抱住肖远旺拿棍的右手和腰，右手一刀狠狠刺进了肖远旺的左肋。这一切都发生在眨眼之间，肖远旺陷入沉思正想着是否饶过甄文德，根本没加防备，立时大叫一声，随即大火杵脱手。不容肖远旺挣扎，甄文德又一刀狠狠刺入了肖远旺的前胸心脏部位。肖远旺遭了暗算，双眼圆睁。此时肖远旺看这个又跪下来把他扶躺下的恶狼，临终前骂给甄文德的是一句涿州土话："你个杂总（种）操的！早知道就、就该把你一火杵……"话未说完双眼圆睁带着无尽的遗憾而气绝。眼见肖远旺断了气，甄文德擦去头上的冷汗，受过伤的右手因用力过猛，这时觉得疼极了。他又从方桌另一旁找到了他的蒙面黑头巾，重新套在头上。这时他蹑手蹑脚起身进了里屋，正看见甄文平半撑起身子在听外屋动静。原来她已经被惊醒了，刚要起身，突然见进来一个黑乎乎的蒙面大汉，惊得大张了口，发不出声音。甄文德这个心如蛇蝎的恶匪，立即上前向她胸上一刀。见断气后，他又观察肖家一双儿女正在沉沉熟睡，丝毫不觉，这才罢手。审讯中甄匪交代罪行至此时，民警问他："肖远旺发现是你时已没再打你之意，你已能活命，为何反倒使奸计要诈杀害了人家，并连带杀了人家妻子？你作孽竟还能挤出眼泪?"甄文德说："要不这样他怎么能相信我？不杀他那事后他们也得传出去，我还怎么做人。"民警答复他："那你选择了杀人并连杀两人，命都不保了还谈什么做人，谈什么事后，事后你连夜脱逃，亡命天涯，还能有做人的机会和资格吗？你还配称得上叫人吗?"甄文德当下语塞，无言以对。甄匪杀死肖氏夫妻后索性细细致致地把肖家里外屋搜了一遍，从里屋炕头前一个比枕头宽些的小木头盒子里（也有锁）撬开翻出了钱。接着又回头去撬开大方桌西北角桌下的暗屉，里面还真是有钱。这样，三处的钱凑在一起都是些十元、五元及毛票。看来都是肖氏夫妻生意上来往的钱，总共是一千二百多块钱。甄文德不甘心，在墙的犄角旮旯、墙豁、炕洞口、墙缝处反复找仍未发现那起码一万多块的大钱。突然，一处狗叫，四邻的狗也叫了起来，一时间犬吠声大作。很奇怪刚才肖甄二人以死相拼时也未惊动狗吠叫。甄匪心虚心惊，马上起身拉灭里屋灯。他未走外屋门，仍是走窗户。审讯中问他为何还走窗户，他说好让公安局认为是外村人干的。看来他想得可真美，也把警察看得太简单了。为了省力，他垒起了三台电视机。说实话，连杀两人得了一千二百多元钱，算有收获，但比他预想的差得多，因预想是一两万元。人家肯定有钱，但藏在哪儿不易找，而且他身心皆疲。踏着电视机翻窗口到屋外野地，他发现右手受伤的渗血的手套落在了屋里，不过也顾不得了。在犬吠声中他大步向北跑了一段路上了柏油路。他一边跑一边心下思量，杀人了，右手带伤，肯定屋里有脚印，公安局来人再跑就晚了，已经是有家难回了，干脆到远处避风吧。听人们常说犯了事有往新疆跑的，于是他跑了几里路到了琉璃河火车站，订了张保定南定州站的车票。下了车后他想，这一千几百块钱得省着花，不然到不了新疆。于是，他分段扒货车到了新疆。到后没法找活儿干，因没身份证明，又得隐姓埋名，只得住水泥管道，捡垃圾袋卖。这样一年多后，实在混不下去又想家，于是在1990年后秋，又扒车回了一趟房山。涿州的家不敢回，房山的家也不敢去，怕被人发现抓起来。他在离他家浑江城五里，只隔了一个小村的北京市房山县韩村河村望了望浑江城的方向，以解对孩子、老婆的思念，然后就进村撬开了韩村河村的财务室，偷了几百元钱。当时韩村河村也才起步几年，不像后来那样连片别墅群富裕得全国闻名，所以所获不多。第二天他逛了趟房山县城，出城时在北关一个路口和街边一个小摊上卖烟和矿泉水的中年妇女因买烟还价起了口角，妇女不答应还价。这时的甄文德已是匪类，非正常人，心理扭曲，已视人命如草芥。他见此地空旷，路上并无行人，杀心顿起。便从地上捡起一个拇指粗的铁钎子，一头有尖，一气之下把这个无辜的中年妇女当胸一钎扎死，搜捡了人家钱盒里二百多元钱和几盒香烟扬长而去。他又从琉璃河一路扒车回了新疆。后来在乌鲁木齐市的二道桥市场偶然相遇了一个房山县老家邻村的表妹张明芬，二人就混在了一起租房住，倒腾小生意，主要是在列车上卖香烟。这样竟然又一混五六年，直到1995年秋新疆这次打击吸毒贩毒，他二人被收容审查。他平时对这个张家表妹，脾气上来非打即骂，又吓唬她说他是在房山县杀了人才跑出来的，要不怎么到了这儿，不好好跟着他过就弄死她。这个同居的表妹开始害怕，怕他一不遂意不定什么时候要了她的命，所以在收审期间才揭发他有命案，这才事发被擒。

甄文德暗中听到人家手中的破损钱币有七八千元便想当然地认为实际拥有起码两万元，以致几宿睡不着觉，非偷来才能心安，想以此达到走捷径发家致富的目的，进而连伤二命欠下血债，却只得一千二百元，不够外逃生活的一小段花销。俗话说：一个人藏的东西，十个人找不到，何况养家活命的血汗钱怎能轻易被人找到？甄文德被钱迷了眼、猪油蒙了心，竟然想不通这个极普通的道理，利令智昏，才干出这种杀人越货的罪恶勾当。亡命八年终偿血债，杀人害命岂能不受惩罚？只争来早与来迟罢了。

夺命双煞系列杀人案

涿州城出南门五里有一个中等村庄名字就叫五里店。京广铁路在村东由北向南傍村民房屋驶过，原先（1988年以前）与铁路平行的京广公路从村中间穿过，所以村中每日是过往的行人和各种车辆。

由于傍铁路而居，所以村民们日出而作，先看到的是从二里路外涿州火车站开过的火车，听到的是声声汽笛长鸣，然后火车烟筒喷着白色水蒸气哐当哐当启动发车的声音，而夜晚则习惯了随着火车运行中咔嚓咔嚓的声响，伴着地面有节奏的震动进入梦乡。

1983年左右，国家开始在五里店村南一里有人看守的铁路道口上方修建了高架立交公路桥。因此京广公路改道，绕过了五里店村。随着国家经济的发展，村南的一个铁路涵洞口已不适应车辆增多的需要，涿州市政府遂于1989年在原来的涵洞口处修了一座铁路公路立交桥。桥高近三米，全长近百米，双向各两车道，更有利于配合村南铁路上空公路立交桥的运输功能。随着铁路立交桥的建成，桥两端修建了水泥栏杆。尤其是桥北头，也就是迎着五里店村的村南口，一左一右即一东一西立起了一对石狮子，迎着村口蹲守，威武雄壮。待扫尾工程结束，在桥西一高台，于 1990 年年初又立起了一匹腾空跃起的汉白玉骏马。扬蹄嘶鸣，欲乘空飞腾。骏马的下部是底座。北面雕刻有“五里店立交桥”字样，南面有十几行字的“五里店立交桥记”的碑文，细说立交桥建立始末。然而，还未曾到立碑文记事工程竣工，突然有一天人们无意中竟然发现，桥头上面对着村口的那一对石狮子不知何时掉转了头，由双双面对村口向北雄峙，变成了两个狮子扭转头来东西各自相望。

这是怎么回事？历来讲究无论大门、桥头立石狮子都是隔开距离并行面朝前，哪有放弃守卫之责自身对脸相望聊天玩耍的道理？这明显不合规矩呀！原来，在这石狮子掉头的背后，还隐藏着一段悲惨的令人伤心凄婉的故事。

1990 年的 2 月 14 日，正是农历正月十九，村里过春节的年味还未消去，仍是一派喜庆景象。这天早晨有人到村民邵国梁家去串门，见屋门裂开扭到屋墙外，觉得奇怪，进门一看，吓得魂飞天外。只见邵国梁和他最近交的女朋友二人均半身赤裸被杀死在炕上。这人吓得扭回头，跟头，趔趄地跑出了屋，一路喊着报告了村委会。村里打电话向派出所报案，所里报局刑警队。当日上午约九时许，刑警队队长张志军，指导员杨世武，李炳彦、王光明，技术科张津生等人，火速赶到了现场。

现场是五里店村中间路西一户人家，门从南开，有围墙但已坍塌成矮土围子状，挡不住人，况且还有墙豁口。院子不大，院中偏西有棵老枣树，此外沿南墙还有几棵榆树、杏树。三间北房半新不旧，西房山有个前面无门无墙的小耳房。奇怪的是，房屋正门被拽至屋外面已扭曲不成形。民警们在想，把屋门向里踹，即便门从里面插上也会被踹开，为何倒费劲巴力地向外拽呢？门都变了形，得用多大力啊！进得屋来，只见东边炕沿上有一青年男子，二十多岁，上身穿一件蓝色秋衣斜卧在炕上，下半身赤裸，双腿垂在炕沿下。头部已被打烂，脑浆、鲜血喷溅在后东墙上和身后炕席上。由于下手狠，打击的力道大，嘴被戳烂、牙齿脱落，一根钢筋棍还插在嘴里深入喉咙。面部已被打得塌陷，扭曲得不成模样，显得异常狰狞恐怖。被子被扔在一边，上面也是斑斑点点的喷溅血迹。离男子靠南二尺远的女子，二十岁左右，赤身裸体，仰面朝天躺着。同样是头部被打得稀烂，脑浆动脉血喷溅在后墙、四周和身旁的被子上。令人惊奇的是，面部虽然受损，而双目却是大大地圆睁着，仍保留着惊恐骇然的目光。看来是突遭事变，惊吓过度，临终留下了永恒的恐怖一幕，死不瞑目！双腿叉开，大腿内侧有软组织损伤，下体有分泌物溢出，未经检验便可认定生前或死后曾被强暴。

检查炕上，靠北边只有一只小炕箱，盖子已被打开，翻出的几件衣物和杂物乱扔在炕上，显然罪犯是在搜找钱物。回视屋中央，地上有一根一米多长、二十毫米（两拇指肚细些）粗的螺纹钢筋棍，一头沾满鲜血、毛发。很显然这就是用来击打一对男女头部致死的另一根凶器。屋地属硬地面，足迹不清晰，只反映出片状重叠杂乱的足迹花纹。排除受害人足迹花纹外，只有一种片状足迹花纹，没有成型完整足迹，确定不了足迹大小。看到此，同志们有些疑惑。难道一个人竟敢深夜破门入户对两人行凶？还用了两根钢筋棍？入门时便是手持两棍吗？这好像不合常理。从下手之重，男女二人受伤创口之惨烈，可见凶手狠毒残忍至极！靠北墙的一木桌上除一暖壶几只茶杯外无其他物。西里间不住人有些家用杂物。再出屋勘查。靠北房西房山的小耳房内有一堆散放的一米多长、二十毫米粗的螺纹钢筋棍几十根，与屋内两根凶器的长短、粗细一致。看来，嫌犯是就地取材用做了作案凶器。

再看出入路线。只见院内东墙中部低矮处有多枚不完整片状足迹，院墙外也如此，鞋花纹与屋内鞋花纹相同。因条件差分不出是一趟、两趟，只能判断是一种鞋花纹，应是同一嫌犯所留。看来嫌犯是从这一最低矮处越墙而过，进院入室的。

虽是杀死两人的重大作案现场，但勘查起来却一览无余，尽收眼底，可以说简单明了。占用时间不多，更谈不到费何周折。但在场民警总是隐隐地感到此案非同寻常，与以往经历的凶杀案不同。不同在哪里？心里也没有明确的答案。尽管大家已经历了各种类型的凶杀大案，有的被害人数比此案还多，但总觉得此案的现场如此地血腥、冷酷、霸道、无情，感到背后隐藏的案犯是失去人性的凶残野兽，非一般凶杀案可比。

现场分析会前，村干部先简要介绍了被害人的家庭情况。受害人邵国梁，男，二十四岁，未婚，初中文化，本村人，顽皮好玩。其母早亡，父在外打工，故只有他一人在家，独门独院。他待人很热情，与对象正在热恋中，无暇顾及别的。女受害人尤瑞宁，易县城关人，十七岁，现在涿州市央企石油报社职工食堂做服务员。二人认识不久，现同居。邵国梁独居此院，家有责任田，偶尔也到城内打几天工，家境一般，并无余财。

再根据现场搜集的炕北边席上受害人收存的有和女朋友合影数张，和别人合影及存有其他人单人照片一部。有一个半新记事本，上面记了些人名和电话号码以及地址、住址；单位、机关、部队、企业、学校、农村各色人等均有。看来受害人交际面颇广，也很复杂。

刑警队张队长，杨指导员，李丙彦、王光明，技术科张津生等人和老柳副局长一起研究案情。

第一，据现场一男一女正当青春妙龄被害，且二人正处于热恋中，不排除仇杀、情杀两种因素。至于翻了小炕箱，扔在炕上几件衣物，可能是为钱财。但这样的人家，院子败落、房屋破旧，会有什么钱财。所以认为是作案后顺手牵羊所为，也许干脆就是为了转移其仇杀、情杀的目的而故意为之。第二，根据下手残忍至极，似对受害人怨恨已深，所以可能是报复杀人。第三，连其正在搞的女朋友也被杀害，可能和女朋友也有纠葛。不排除原先和尤瑞宁交过朋友的人心胸狭隘，肆意报复。第四，如系一人作案，竟然事先未带凶器，而就地取材，很可能是与受害人最熟悉的人，对现场也特别熟悉，系精心谋划，看似随地取材，实则有意而为。

研究决定，在不法分子和与受害人交往可能产生积怨的青年中下功夫发现疑点。范围、方向、对象划定之后，即安排警力。张队长带民警在辖区桃园派出所配合下，主要在五里店并以五里店为圆心逐渐向外辐射，摸排与邵国梁、尤瑞宁二人有交集的可疑青年。杨指导员带人去易县尤瑞宁的原籍，了解发现尤瑞宁在家乡是否有恋情史及有无不正常情况会可能引起恶果。

李炳彦、王光明二人分头带民警对记事本上的机关、学校、企业、部队和受害人有联系的人下大力排查，不放过任何蛛丝马迹。

安排之后，诸路民警闻风而动，昼夜和群众座谈、摸排，并同时开始外调。工作有条不紊地进行。

老柳他们几个人又把眼光投放到受害人生前不久拍摄的一张照片上。这是一张四寸大彩色照片，照片上是邵国梁和尤瑞宁二人在春天里满面春风的合影。从照片上看，邵国梁国字形脸，眉眼、鼻子、嘴都很端正，皮肤也白里透红，可说满面红光。眉眼、嘴角都洋溢着遮掩不住的微笑。尤瑞宁与他并肩而立，也是少年靓丽，满脸散发着青春的气息和幸福的微笑。他们是在一辆带警灯的挂冀O牌子的日式绿色三凌越野吉普车左侧紧挨车前身照的。当时的公安警车均挂O字排头的车牌。看来他俩在取景，车是近景。因那时汽车还少，带警灯的车更少。所以邵国梁穿一身绿色迷彩服，很新潮；尤瑞宁披一件粉色纱巾由颈到肩，也很惹眼。细看背景，后面是著名的涿州标志性建筑——辽代双塔，而近景却是过年的一串串高挂的红灯笼和一座座色彩绚丽的牌坊。原来，这是正月十五元宵节前后照的。

涿州元宵节灯会历史悠久，规模宏大。原州城内偏北有夹城一座，大街穿夹城门洞而过。上建楼三重，名“通会楼”。楼高数丈，二十里外即能望见。楼上置左鼓右钟，钟报火警，鼓报更时，因此又俗称“钟鼓楼”。这条主街就叫钟鼓楼大街。为叫起来方便，俗称鼓楼大街。每午正月十五上元节是民间花会进城“闹花灯”之日，也是涿州八景之一，名“通会灯市”。晚清至民国初年，每逢正月初十以后，从通会楼北的北寺口胡同起至南城门文庙街口，五里长街上一字排开设置七十二架木制灯牌坊，牌坊重檐翘脊，玲珑古雅，是传统建筑风格。仅鼓楼南北大街十字路口就置灯棚七座，每座牌坊上花灯三座。均是外面轻纱笼罩，上为取自《西游记》《三国演义》《封神榜》《水浒传》《红楼梦》等故事的工笔连环画。画工讲究，惟妙惟肖。另外，还有对联灯、灯谜灯各种样式。猜谜领奖，情趣欢畅。到十四、十五、十六更是大街小巷人头攒动，张灯结彩；耍龙灯、舞狮子、踩高跷、放鞭炮，千家万户，燃烛通宵；真是火树银花，气象万千，五里长街颇为壮观。每逢此时，常有京城达官贵人和周边邻县士绅与百姓来涿州观灯。民国诗人周存培有诗赞道：“春风初到月初圆，不夜城中沸管弦，万盏灯火双塔影，一时辉映鼓楼前。”另一涿州民国诗人徐幼宗词中道：“美景至今留，金吾不禁，休数更筹。银花玉树，乐此忘忧。锦绣春光，莫教付与他人手。明年今日，秉烛再来游。”极好地说明了当时的热闹繁华。

1985年开始，涿州又恢复了传统灯节，且越办越红火。不仅规模越来越大，参与单位越来越多，还采用了不少声光电的现代技术，灯光闪烁、色彩斑斓。正月初十以后，从老城区到新建的文化广场，街街巷巷各式各样现代韵味的灯棚牌楼争奇斗艳，使人流连忘返。除本市外，还吸引了北京和邻县人来涿州观灯，中央电视台也曾播放涿州花灯盛况。

根据照片上冀O警车牌子，民警找到了车主。原来车是市政府一负责人的，司机是严明。问小严当时情况和受害人二人情况，小严说当时自己还真没有注意谁在照相，反正有几拨挨车照的。因为车恰停在鼓楼后街，车头向北，一照相恰是照上了涿州古双塔——南塔和北塔。谈到时间，正是正月十五月圆前后，万众欢腾之日。

另外，关于二人的相识过程，据五里店人说是在元宵节灯会上认识的。据传闻看来，从正月十一二有花灯，到十五照相，二人认识是一见钟情。旋即同居，进展也是很快的。但不知二人得罪了哪路凶魔，使相爱、同居，很快成了露水夫妻，竟惹上杀身之祸！

几天以后，碰头会上，各组汇报情况。

张队长组在本村和城郊市区摸的情况是：邵国梁在本村或城区没有家族宿仇和平时得罪较深结下怨仇的仇人。邵国梁交接的人很广，因为属城区，这也不新鲜。尤瑞宁来涿州时间短，认识的人要少些。但经了解，二人尤其是邵国梁本人，主要是好交往，但一般是有来往并无芥蒂和私怨，当然也就谈不上报复。因为年轻也和一些认识的人在吃喝场上吵过嘴，甚至打过架，但年轻气盛，在所难免。后经人劝说，又和好如初，没有要杀死对方以解怨愤的理由。邵国梁爱管闲事，对附近四中学生的事也管，但不会引起如此大的报复。也未发现尤瑞宁在来涿州后搞过其他对象，因此也不会因女方而结怨于人。

杨指导员组到易县尤瑞宁原籍也未了解到该女子有何感情瓜葛而结怨，因毕竟年纪小，还未发展到对感情朝三暮四的地步。

李炳彦、王光明二组分头对全市机关、企业、学校，甚至部队开展工作，由于工作量大，只做了个开头，还需下大力气去做。

汇报之后，认为时间短、工作量大，需进一步下大力气深挖，故坚定信心，按原方案继续工作。

十天以后碰头，邵国梁的各种关系人调查工作进行了一半，未发现明显有价值的线索。

二十天后，邵国梁和尤瑞宁所有联系人都做了调查了解，并未从中发现任何有价值的线索和蛛丝马迹。尤其是王光明和李炳彦组，想方设法与邵国梁和部队上的人都取得了联系，有的走出去或请回来甚至都见了面，但都属于一般社会场合正常交往，没有异常情况，对方也提供不出任何有价值的情况。

一个多月过去了，该调查的认为都调查过了，应该说摸排调查工作已接近了尾声，再做工作已属于重复，即“拿回头”是否漏掉，案件陷入了僵局。

近两个月了，在最后一次案情分析会上，各组组长也觉得话已说尽，再说言之无力，也不能切中要害，讲的是大家再开拓思路，献计献策。可其实情况却真的是山重水复疑无路，已计尽策穷。在刑警队不大的办公室里，新任的副局长老柳，队长、指导员、副队长、几个骨干侦查员共八九个人，有的愁眉不展，有的抽烟无语，整个办公室烟雾腾腾、空气愁闷。正在这相对无言之时，进来送水的老柳的司机周广朋（河南人，刚转业）见大家犯愁的样子，突然冒了一句：纯粹是流窜犯干的！大家一听都笑了，小周一见大家发笑，这才知道自己这个外行出言冒失，让人见笑了。

可是，小周的一句话却不幸言中了。

没过几天，公安局突然接到河北省公安厅电话说，接到辽宁省公安厅转来电话通知，现押在了辽宁省抚顺市的杀人犯唐艳平交代出与同伙李刚，除在吉林、辽宁杀人外，还曾在河北省涿州市火车站南一村杀死一对男女，要涿州市局带齐案卷到辽宁抚顺作并案、销案处理。一听之下，令人大呼意外，五里店的血案竟真的是流窜犯所为，周广朋的无心之语竟一语成谶。

事不宜迟，老柳马上带王光明和徐冬播，带齐案卷材料，一行人驱车直奔辽宁省抚顺市。这已是四月初几了，刚过了清明，大地转暖回春。到达后第二天和市局刑警队接洽了情况，递交了案卷。通过接洽了解到原来杀人凶犯是两个人，团伙作案。一个叫唐艳平，一米六五左右，三十四岁；一个叫李刚，一米七五左右，也是三十四岁。二人脚一般大小，所以穿一样的鞋，故而作案时留的大多是一种鞋花纹的足迹，很容易认为是一个人作案。二人是吉林省辽源市郊区某委某里人。早年都是重大盗窃、强奸犯，被判过重刑。被释放后，二人勾结在一起，不但不思悔改，反而心理扭曲，开始疯狂报复社会。从 1989 年夏季起，他们二人先后在吉林辽源一带袭击夜间行路的单个行人，搜去财物，将人打死，杀人取乐，残害无辜。

二匪曾在夜间将一过路行人腿打折，不能行走；二人前行又遇一骑自行车男子，遂打伤该男子；叫其回转后把先前被打伤的男子驮在自行车后架上，走向乡间僻静小路；后竟将二人用木棍活活打死，搜身并无钱财。罪犯与二人无冤无仇，并不知二人名姓，只是杀人取乐，以满足空虚的丑恶灵魂。曾夜间破门突入一贫困农户，一家三口，青年夫妇与一三岁女童。先用木棍打死青年男子，后搜捡其家，无一文钱财。遂对女子轮奸，之后杀死苦苦求饶的女童，简直是丧尽天良。据抚顺市局同志讲，受害户是出名的贫困户，受害前还欠三千元贷款。就是这样至贫至困的一家三口，无缘无故竟然惨死在了二贼的淫威之下。二匪徒又窜入辽宁省抚顺市郊区一住户，夜间突然破门而入。而这家一门七口，只有一个男子，余下是其母亲、妻子、四个女儿。男子见来者绝非善类，便全力保护老母、妻女。二匪兽性大发，先打死男子和其老母、妻子，打死反抗的两个小女儿，竟当着时未断气的母亲、奶奶的面，将另两个女儿先强奸、后轮奸、再杀死，钱财洗劫一空。一家七口，惨遭灭门之祸。诸如此类，不胜枚举。在短短的半年时间里，二匪徒在吉林、辽宁两省疯狂作案数十起。杀死二十人，抢劫财物、钱款几千元，强奸、轮奸妇女数人。血债累累，恶贯满盈，已是披着人皮的野兽。桩桩惨案，惊动了东三省警方，于是警方日夜围堵二匪，侦破凶案。但由于二匪多次判刑劳改，有一定的反侦查经验，再加上流窜城乡跳跃性作案，也增加了防范和侦破的难度。脚一般大小，穿一样鞋作案，为人留下错觉，可能是一人作案。又从来不留活口，虽遗有一个个血淋淋的现场，但匪徒留下的痕迹、物证却不多。二匪看到东北风声越来越紧，便商量进关南下作案。一来逃避打击，二来聚敛钱财，三来开开眼界。二人的如意算盘是：

进关，南下广州，沿铁路线作案；拣容易下手的院落、住户突破；但不带凶器，以免被在火车上查获，就地取材作案；不能留活口，以避免暴露身份和行踪；杀人后抢劫钱物，争取到广州一趟连玩带做活（指杀人、抢劫、轮奸），凑够五万或十万块钱（那时刚有万元户，五万十万都是巨款，天文数字），回来后做个小买卖，踏实一阵再说。所以说，他们从来就没有想过自作孽不可活，认为不会遭到惩罚。

这样他们过了正月十五坐火车过山海关先到了北京，在北京玩了一天后，于正月十七到了涿州。涿州作案之后他们连夜坐火车到望都县下了车，在火车站周围转，选择目标。先见火车站旁东边有一屋，破门而入，里面是个理发老头，不待老人喊救命，上前一顿棍棒打死，搜出百多元钱。出来转身见西边有一棚子似的小屋，即踹门而入，里面有个收捡废品的老头。未待老人明白发生了什么事，即抄起地上的棍棒、铁器将老人打死，搜出几十元钱，连夜扒货运车到石家庄车站下车。这时天还未明，他们就在火车站附近转，找目标。后见有一屋靠边（铁路宿舍），借路灯灯光看屋内只有一人，便破门而入。屋内只有一老太太，便将老人一顿暴打，后来打成植物人，搜出二十多元钱，第二天坐车到了山西太原。在太原玩时，见省委、政府大门挺威严（原山西省巡抚衙门）二人便在门前照了张合影。这也是他们今生最后一次照相，真是胆大包天！合影上还留下了“唐艳平李刚于太原”的字样。他们没有想到的是，这恰恰也为他们的犯罪留下了铁证。

太原的游玩，二人很高兴，又出南市区在晋祠游玩了一天。这两个只知杀人、强奸的江湖匪类，哪里懂得晋祠深厚源远的文化底蕴，用唐艳平的话说是逛了逛大庙、泉水，也算达到了他们进山海关南下开开眼界的初衷吧。身上的钱眼看着消耗殆尽，他们不敢耽搁，马上又向南出发去找钱（杀人、奸淫）。他们坐火车行了百十里便下了车，到了太原南的榆次县。二人照例在城乡接合部转悠、采点，选择目标。他们走进一个村，见村中间相隔不远有两个小卖部，窥探中发现每个小卖部，各有两人住宿。二人胆大妄为竟然决定对两个小卖部全下手。他们先在一个小卖部左右找到合手的大木棒，然后破门而入。他们上去对炕上两人就一顿暴打，看着对方奄奄待毙便把钱款财物洗劫一空，还推走了一辆自行车。随即又去突袭第二个小卖部，将里面两人全部打死。之后他们二人并未马上离开现场，他们俩连日奔波，这时觉得饿了，就在小卖部坐下来。从货架上拿下面包、火腿肠、油炸排叉，打开一瓶低度汾酒，眼望着二人的杰作——躺在一旁脑浆迸裂、血肉模糊的两个受害人尸体，好像是在欣赏一幅带血的图画，有滋有味地吃喝起来。二人甚至还说山西的醋好，还不忘从货架上拿下一瓶老陈醋，尝了尝说：“味是比咱东北冲些（指醋味浓）。”这两个匪类万万没想到，第一个小卖部里的一个青年尽管头部、颈部、肩膀都受重伤，但却没死。为了复仇，擒获凶犯，他挣扎而起报了案。派出所接报后立即报告了公安局。公安局接到匪警后，一副局长马上召集起四五名民警先行，并马上通知组织人支援。这位副局长带人到了村里，派出所民警和受重伤的受害人围上来，觉得匪徒可能还要袭击另一小卖部遂前往。那个小卖部在如此深夜竟然还亮着灯。院外停着一辆自行车，带路的受害人说："这车是他的，是打伤他们的人抢走的。"这个小卖部半夜居然还亮着灯，匪徒肯定在屋内。副局长马上让民警散开，包围小卖部。在接近屋前时，屋内似乎听到了外面的动静，突然拉灭了灯，这更证明了匪徒还在屋里。关键时刻，副局长没犹豫，带头踹门冲进了屋内，随即又有民警冲了进去。凶残的匪徒躲在门后，用木棒袭击了副局长致其身受重伤。二匪冲出屋，狂奔欲逃命。民警们立即开枪射击。因夜黑，枪响后不知是否命中匪徒，二匪是否受伤，反正当时不见了二匪踪影。正在这时局里近二十名民警赶来增援。夜里搜索范围不大，未发现匪徒踪迹。看小卖部屋内，二人已被害，头部被打得稀烂，已无生命迹象。再由受害人带领到第一个小卖部探查，其亲属也死亡，只这一受害人侥幸重伤之下逃生。正是由于他的逃生，才敲响了唐艳平、李刚二匪徒的丧钟。

很快天亮了，开始勘查现场。这时民警们注意到小卖部虽不太大，但这个院子并不小。北房、东西两面的墙很高，有一米多快接近两米的高度了。民警从门口围堵，堵住了正门，难道这两个匪徒竟然蹿越近两米的高墙逃走了？真是狗急跳墙！正在勘查现场，忽然隔高墙的东院里慌慌张张地走来一位中年村民。他对民警说："你们快看看吧，我家的菜地里趴着个人，从远处看不像我们村的。"民警们心里一动，马上从前门出去赶到东院菜地里。一看，是趴着个人。只见这人身高有一米七五左右，大长脸，体形不胖不瘦。掀开棕色皮夹克（后来才知道正是从五里店邵国梁家抢走的邵国梁的皮夹克）里面是一蓝背心，腈纶料的，上面印刷的字是"辽宁灯塔牌"。辽宁省有个灯塔市，不管是灯塔市制的，还是辽宁省灯塔牌的，反正这人和辽宁有关了。再验看，前胸、后背都有枪伤，是贯通伤，看来这人正是杀人抢劫匪徒之一。当时冲出屋的是两个匪徒，看来这其中的一个已被击毙。再验身上，右肩膀上有刺青，是一只下山虎，虎下面是把尖刀，刀尖滴血，血滴入下面刺的一只小葫芦内，一拽他肩膀，虎头就动。看来时间短，尸体还未彻底僵硬。当时虽不知其姓名，但确系杀人劫匪无疑。墙上有攀登的痕迹，看来该凶犯真是悍匪，他狗急跳墙，在受枪伤的情况下，为了逃命，竟然跃过了近两米的高墙。但终于不支，倒在了菜地里一命呜呼！经上报，引起上级重视。公安部发现近期吉林省、辽宁省、山西省、河北省均连续发生恶性杀人抢劫案件，且作案手法相同，部位均在铁路沿线，袭击目标具体位置均为城乡接合部，认为有共性，流窜犯罪嫌疑大，遂向东北三省、山西、河北发出案件情况通报，望注意发现。并召开五省案件协调会议，要求并案处理，抓捕凶犯。考虑到匪徒如此凶残，应不是初犯，应是受过打击的重犯，遂在五省内对刑满释放、外逃的罪犯案卷进行清查。一个月后，辽宁省监狱清查出了被押释放的李刚，确定被击毙匪徒为李刚。至于其同伙，确认和李刚同乡的狱友唐艳平最可疑。正在这时，唐艳平、李刚所在辽源市郊区的居委会干部收到了唐、李二人在太原照的印有姓名寄回家的照片。居委会早接到通知，二人可疑，遂将照片交到了公安局。照片上李刚和被击毙匪徒通报一致，认定为同一人，就是李刚无疑。唐艳平和李刚一起在太原照相，按发案时间推断，唐艳平正是同伙。

事不宜迟，确定唐艳平身份后，抚顺市局立即出动特警、民警三十余人，赶到唐艳平住所将其包围。唐艳平住的是平房，喊话叫他投降走出来，唐艳平不应声。后民警冲进屋，见他坐在桌前，手里拿一把短柄斧子舞弄。民警举枪命令他把斧子放下。这个匪徒见已是天罗地网，遂苦笑了一下，万般无奈地放下了斧子。至此，猖狂六七个月之久，跨时两个年度，作案数十起，跨境吉林、辽宁、黑龙江、山西、河北五省市，杀死二十多人，强奸、轮奸近十人，并拒捕打伤民警，曾在东北三省被民间称为龙（唐艳平胸前有青龙刺青）虎双煞、龙虎杀人双魔的匪徒，一个被击毙，一个被生擒。

听完抚顺市公安局同志匆忙、简单、扼要的介绍后，涿州市局一行人不禁无比愤怒。办了多少案，确实未见过如此毫无人性、不计后果的狂徒。原来他们是漫无目的地走，毫无规律地选目标，赶上哪儿算哪儿，谁遇上谁受害，谁碰到谁倒霉。他们知道自己不是抓住了被枪毙，就是被现场击毙的后果，于是选择了“活一天算一天，活一天就祸害无辜一天”的方式在世上混。原来天下竟还有如此败类！抚顺市局的同志正为此案的协调联络忙得不可开交，涿州市局一行人觉得不便再打扰，更不便再深问某些细节，只有尽快审问唐艳平，将笔录、案卷尽快归档交与抚顺局，才是对他们工作的最大支持。于是，向抚顺同志提出提审要求，对方马上痛快答应了，并派人引领。这样柳副局长、王光明副队长、技术科徐冬播等一行六人，赶到了看守所。抚顺看守所傍山而建，大门面对大岭朝南，看样子有些异国建筑情调，是座旧建筑。看守所的办公区有的走廊里还铺着木地板，很讲究，一问，果然是日本鬼子侵略时修的。到了审讯室，老柳、王光明主审，徐冬播记录并制作录音。一切就绪，带犯人。时间不大，就听走廊里响起了脚镣撞击木地板的声音，非常响亮。门开了，犯人被带了进来。出乎大家意料，这个戴着手铐、蹚着重镣的犯人却是个瘦小干枯之人。原先介绍说有一米六五高，这身高不算太矮，可是一见之下他要比一米六五左右的身高好像要差许多，显得特别矮小。这可能是体形瘦的原因吧。唐艳平脚步蹒跚地走进审讯室来，民警将他锁进受审椅内。只见他干枯的身躯上长着一张獐头鼠目的脸。戏剧和电影中坏人都有坏模样，这家伙正应了这话，生的就是一副坏模样。小脑袋、脸瘦削，显得脸很窄，尖鼻子，薄嘴片，一对细小的鼠眼，一看人一对黄眼珠滴溜溜乱转。看到这双眼才能看出他的狡猾残忍。看他这副瘦弱身板，很难想到里面竟藏有一副豺狼心肝！这就是在东北民间所传的龙虎双煞、龙虎杀人凶魔之一唐艳平吗？就是这么不起眼的人竟然心狠手辣、惨无人道，在多半年的时间里，与李刚一起流窜于东三省和河北、山西，先后作案数十起，杀死二十六人，杀伤十五人，强奸妇女九人，抢劫人民币六千六百元的杀人凶魔吗？扯开他的囚衣，掀开内衣，他前胸上还真是刺着一条张牙舞爪的青龙。民警们压住愤怒，平静下心绪，要唐艳平交代在涿州的杀人经过。唐艳平意识到涿州的债主出来讨还血债了。他竟然探身对民警说："给根烟抽行吗？我保证全说清楚。"看来，这个家伙烟瘾很大。给了他根点着的烟，他狠狠吸了两口，开始讲述经过。

原来唐艳平和李刚在吉林、辽宁连续作案、杀人、强奸、抢劫后，见风声已紧，遂决定出门南逃。如上文所讲的到广州去转转。他们俩于 1990 年正月十七从辽宁坐火车到天津，之后坐上秦皇岛至石家庄的车，除在北京停留外，于第二天夜里坐车到涿州下了火车。按他的说法，到涿州下车后 11 点钟左右，出来向西走。走到一个大十字路口，路中间立着一个大石头（实是桃园办事处十字路中心岛上有三块竖起的汉白玉大理石上托着一只汉白玉大桃，因桃园街道办事处是以蜀汉名将张飞家乡桃园三结义的典故命名的），唐、李这两人渣哪里知道这些。遂又向南行。不远处见路西有一家墙矮，便跨墙进去了，这正是五里店邵国梁家。二人在耳房里各取了一根螺纹钢筋棍在手，借外面路灯光见屋里只有两人，就敲门。邵国梁醒来问，干什么的？李刚答，派出所巡逻的。邵国梁说，巡逻的怎么巡到人家里来了？李刚说少废话，就拽门。拽不开，便死命一拽。说到这里，唐艳平解释道："我们东北门是向外开，所以向外拽，不知道这儿的门是向里开的。所以仗着李刚身高力大硬拽开了门，却把门拽歪了，扭在外面。我俩冲进屋，那个男的刚起身。李刚上去就一棍，我又加上一棍，他张嘴没喊出来，被李刚一棍插进了嘴里，可能他临死也不知为什么。女的吓坏了，可能以为是仇人来报复，赶紧说我不是他媳妇，我和他刚搞对象，他的事我不知道，别打我。她哪里知道我们是没事找事，根本不知道他们是谁。李刚说，管你搞不搞对象，先给老子当对象，叫我们哥儿俩出出火再说。边说边把这个女的光屁股抓起来，一条腿一拽。见这两个人夜里睡觉全光着下身，就问小女孩儿说：睡觉前你们干过？小女孩儿一听，吓得点了一下头。李刚气恼地朝女的阴部打了一拳，又在大腿里侧打一拳。女孩儿不敢哭，疼得直掉眼泪。这样，李刚在炕边就强奸了她，我随后也强奸了她。在我强奸她时，那个男的还有口气，动了几下，我们又一顿铁棍，把他打死。翻了一下炕上，没钱。问那女的，也没有钱。只有一件棕色皮夹克看着还行，李刚试了试能穿，就穿上了。一摸里面兜里还有六十元钱和两盒万宝路烟。这时女的告饶，说别杀她，她是农村来的也不容易。当时李刚犹豫了一下，随后叫她蒙被躺下。那女的躺下后，我俩抬脚出门。刚走出门后十来步，迈步要跨院墙了，李刚忽然又站住说：‘不行，饶了她，我们就走不了了。’遂返回屋去又打了她三几棍，脑袋都打烂了（实际上后来勘查现场，头下的炕坯都打塌了，鲜血渗湿了炕坯。小女孩儿见饶命之后又遭索命，不禁圆睁大眼，至死不知为何遭此厄运）。我俩顺原路走回到了火车站，在候车室睡了两个多钟头。”审讯的民警一听，二匪徒杀人后不尽快逃离现场反而顺原路几里若无其事地返回，还在火车站候车室大睡两个多小时，真是胆大包天到了极点。唐艳平又接着说道：“两点多扒上了一列货车到了望都。”底下的当然不需要他说了，因为望都县公安局的同志也赶到抚顺来了。问他从山西榆次院里怎么跑出来的？他答跳墙。又问那么高你这个个头怎么能跳过去？他说，当时急了，也不知怎么就跳过去了。看来，真是贼有贼智，狗急跳墙了。问他为何跑回家，不往别处跑？他竟然说：“我都跑出来了，李刚更能跑出来。所以来家聚齐。”真是打得如意算盘。

做好了笔录，签字，捺印指纹，整理好录音，唐艳平被押回号房去了。我们在审讯室里，望着唐艳平蹚着重镣那脚步蹒跚的背影，听着那渐行渐远并逐渐消失的脚镣撞击木地板的声响，心情都不平静。李刚、唐艳平是1983年东北二王（王宗玮、王宗坊）一案后又一重大系列杀人重案，是公安部重点协调的大案。李刚已被击毙，待毙的唐艳平也时日无多，多行不义必自毙，天理昭然！

回到涿州后，立即召开刑警队以及五里店村支部、村委会、村民代表参加的联席会议，公布了案情。讲了本村正月十八邵国梁、尤瑞宁二人被害案系东北吉林省辽源市两个流窜系列杀人犯所为，与邵、尤二人相隔千里，关山相隔，毫无关联。希望大家，尤其是村两委班子和村民代表给群众做工作，要消除恐慌心理，更不要乱加猜测，使事情复杂化。为什么要这样讲呢？事出有因，因受害人刚在元宵节前照了合影，村里就传出：没事哪能在警车旁照相？在警车旁照相，你不是警察就得是犯人，要不就是证人，要不就得涉案，反正得摊上事。案发后，好像印证了这一猜测似的，此风更烈。怎么样，受害了吧，不能和警车照相。正是破案相持不下的时刻，凶手未就范时（前后费时约两月），村民有的沉不住气了，因这村素来还算安定，未出过邪事。此事一出，群众哗然，人心惶惶。夜晚无事早关门，夜间家家分外警惕，有的无狗人家也赶紧养起了狗，好报警。有几个老人还找到村委会，说自打修铁路立交桥后不该立这两个石狮子，石狮子蹲在村南口，正咬着村里人，这不，吃进两个去。赶紧挪吧！不然，还得有人家受害。村干部向老人们解释别迷信，这样说没道理，可是却有人信。不知村里什么人，在一天夜里用大吊车把两个“咬着”村里的石狮子掉了头，要它俩脸对脸去了，避开了面向村里的方向。有人还在蹬绣球的西边那个公狮子眼睛上点了水泥水，敲去了牙，把爪子上也抹上了水泥水。这样一来，公狮子眼盲了，牙没了，爪子被水泥封上了，当然看不见也不能咬人了。东边那个现在已和公狮子对脸的爪下有小狮子翻滚玩耍的母狮子眼也被涂上了黄颜色。好在母狮子一般都是低眉顺眼，样子慈祥，不像公狮子那样张牙舞爪，所以未对母狮做那么多手脚。

现在案情大白了，村里恢复了往日的平静和繁忙，人们又开始了正常生活。

一晃二十多年过去了，现在五里店村头立交桥的石奔马随着岁月的流逝，已被长大长高的粗壮树木遮掩在了桥头一旁。旁边长满了灌木和榆槐杂木，已不为人所知。只有那两个石狮还在东西照脸相对，夜深时似乎在窃窃私语，述说着李刚、唐艳平二匪的暴行和自己遭受的冤屈。当然，更多的是当外人见石狮子相对而奇怪时，村人便对他们讲起邵、尤二青年元宵灯节前一见钟情，坠入爱河，却偏偏命薄，无端遭受李刚、唐艳平二匪杀害的悲情故事。民间自古称强奸犯为“采花盗”，李、唐二匪关里关外流窜数千里杀人、抢劫、强奸，可称“杀人飞贼采花大盗”，致使村人恐慌，桥头石狮掉转头。

久而久之，五里店一案，悲情男女的故事已成为凄婉幽怨的传说。

宋辽古战场凶案

1991 年 2 月 9 日是农历的腊月二十五，年关将近。那时的生活水平比现在低得多，所以过年还是件大事，需操办过年的年货。当时集市、商店人群拥挤，置办年货过春节的人们脸上无不洋溢着喜庆的神色。民警们亦然，尤其是刑警队员们，也利用这几天无大案的空隙时间赶紧为家庭置办些年货。谁知，午后两点左右，队里接到了南马乡派出所王书臣所长的电话，辖区岐沟关村发生一对老夫妻被杀案，要求出警。

案情如火！刑警队队长孔繁瑞、指导员张志均、技术科科长张津生一行立即同副队长王光明等人驱车赶往岐沟关。

说起岐沟关大有来历，在中国历史上大为有名。它是晚唐、五代，尤其是宋辽时期著名的险关要隘，是历次大战的古战场。

岐沟关在涿州城西南五十余里处。是涿州市、涞水县、新城县（今高碑店市）三地接壤处，铁路、国道交汇处。它的西南十余里处为南拒马河，东北十余里处为北拒马河。而拒马河即是古时《列仙传》所载战国时仙人琴高入涿水取龙子而乘赤鲤出水的古涿水。而关城西门不远处即是古代铜帮铁底（黄土质河帮、黑沙底河床）的运粮河。

岐沟关建于何时已不可考，但起码晚唐时便有此关。因五代史载，刘有光在幽州（今北京市）称帝，后唐庄宗李存勖派被其父李克用赞许为“柳营春试马，虎帐夜谈兵”的良将周德威夺取岐沟关，攻占涿州，进而夺取了幽州。由此可见，岐沟关乃是幽州南部屏障，军事重镇。但岐沟关的名扬天下却是宋辽之战。据宋史载，北宋雍熙三年（公元986年）宋太宗为收复燕云十六州，特派宋朝有第一良将之称的曹彬和崔彦进、米信率步、骑兵十万出雄州，欲取涿州、幽州。但在大将潘美、杨业兵进雁门关和另一路田重进兵飞狐关（今涞源县）均先胜后败后，曹彬大军与辽帅耶律休哥所率骑兵劲旅大战于岐沟关，却惨遭大败。撤退溃逃中十万兵卒竟人马相踏，死尸枕藉。拒马河、易水河溺死宋军无数，壅塞河道竟使水为之不流。至今村民在田间劳作时还不时会挖出刀枪箭镞和马镫、马鞍等旧战场遗物。1974年大规模平整土地时，竟在古河道中挖出百十斤重停船用的大铁锚。这是宋朝自高粱河（今北京市西直门外）大败后宋军的又一次惨败。自此北宋兵隔白沟河困守瓦桥关、益津关、淤口关三关，不敢越白沟河一步。

今岐沟关仍在，只是已非千年前之容颜。西门外运粮河已失昔日波涛，只留有干涸的旧河道略显当年风貌。高大雄伟的关城，如今只剩西面和北面两段城砖已失的残破土城墙。

我们一行人到达岐沟关外时，从西面、北面看到的残破城墙已颓败不堪。墙体和墙上面长有榆树、柳树和酸枣树及一些不知名的灌木，在腊月的寒风中抖动着。不时有三两只寒鸦在树上鸣叫，成群的麻雀聚落、飞散。再加上当日天色灰蒙蒙的，显得关城有些孤寂凄凉。真是关城旧址犹在，往事不堪回首。我们放眼望关城遗迹，知道这便是使宋朝人痛失北伐收复失地的伤心之所，不禁感慨。收回思路，我们从东北角入村。派出所王所长和村干部迎上来。未及细说，便开始勘查现场，这时已是午后 4 点多了。现场所在位置是岐沟关东南角一里的一个小自然村，当地人称苗庄。四五十户人家，均姓苗，故称苗庄。到了苗庄的一个大院子里，正南是木栅栏排成的当地称为大稍门的大门，大门四外连接的都是残败的破土围墙，这一点让人联想到村里的残破关城城墙。院子很大，很空旷。前半部分都是树木，有的成材，有的不成材，还有十来个挖树后留下未填好的大树坑。后半部是平敞的院子，只有三间砖砌的正北房却无东西配房。所以整个有五六分地的大院虽方方正正却略显苍凉。到屋门前，一推门几乎踩到了受害的老太太丁桂芳。丁氏七十岁，穿的深色棉衣裤，很是干净利落的打扮。验伤，伤均在头部，共三五处，为钝器所伤。令人费解的是，几个钝器伤的伤口互有不同，有两处为圆形洞状伤口，如旧银元大小，有三处颅骨虽受打击塌陷，却不是圆洞形创口，而是方形的，约半张扑克牌大小。难道行凶还用两种凶器？这是为什么？看老太太倒下的西侧是大墙柜，地上有大块黄土和一些碎土，旁边有把斧子，斧刃一边是半月形，斧背恰是方形，上面还有血。经比对，斧子正是行凶的凶器。看来是就地取材砸的老太太。但那两个圆洞形创口如何解释呢？就地取材应是临时起意，那现场未有圆形钝器类凶器，难道是随身带来？那有可能是预谋好后方为之。到底是带着凶器有备而来，还是临时动意就地取材？法医和勘查现场的王光明队长陷入了狐疑，这种情况在出现场中还不多见。继续勘查，老太太头上血流了一地，染红了地下一些黄土。土上有一成型足迹，二十六公分长。从花纹看类似网球鞋花纹，遂提取并照相。看来，斧子是用来砸碎土块的，碎后和煤，煤才有黏合性。以地炉子烧煤暖炕，这是北方烧火炕取暖过冬的通常做法。而这种黄土也被称为和煤土。继续看屋内，靠北墙一张老式八仙桌，看光景有些年头了。桌西边靠墙是一把老式椅子，东边是一个小坐柜。桌子上方的墙上已经贴上了一张新年画，桌子上还有三张新的，看来老夫妻俩正张罗过年未来得及贴完便遇害，竟然未能熬过年关。东边是大炕，老汉苗人贵七十二岁，躺在靠南窗下的炕边。面朝上，光头，头顶中间偏左一个大洞也是有旧银元大小形状，但洞口略大。与屋地下的老太太头上圆形创口相同。苗老汉半身不遂，不能动弹，当时细看竟然还有呼吸。问其话，因病因伤言语模糊，听不清楚，而且一说话头顶大洞即向外冒血。公安人员急问凶手是谁，他说了，但在场民警谁也听不清字音和意思，遂赶紧命人送到就近一部队医院抢救，三天后即腊月二十八抢救无效死亡。

再细看现场，在苗人贵遇害的大炕北边有两个炕箱，箱盖打开，衣物都抛在了炕上，显然是在找寻什么。炕上已无其他盛放东西的物件。只见屋地上的桌边小坐柜也被翻了个底朝天，倒出来的都是一些日用杂物，没有值钱的东西。看完外屋再进西里间屋一看，有个南炕。炕上空无一物。只靠北墙有个半人高的橱柜，厨门双扇开，里面摆放一佛龛，供的好像是菩萨。前面摆放一香炉，炉前有几张零钱。此外，里外屋再无异常。

勘查完现场，由村干部介绍了苗人贵、丁桂芳二老的情况：二老有一个闺女，嫁在邻村，但住的比本村还近。两个外孙女，大的已二十出头，小的也十六七岁。苗人贵已半身不遂几年了，瘫痪在床上。丁桂芳身体还可以，由她照顾。因是二老单过，两个外孙女基本每天都替换着来看看二老，或帮做饭，或帮助照料其姥爷。丁桂芳通些医术，会扎针、拔罐，这样有些收入能挣出个油盐酱醋钱。因老宅院大，树木多，且院墙外还有部分闲地也是种植些树木，所以有时卖些树木作为经济补贴，以解决平日生活用度和日常花销。这不，头进腊月才卖了十来棵成材树，进了一千八百元钱。当时在农村这也不是个小数目了。看来正是这笔进项，引来了贼人的贪欲，杀害了二老的性命。

针对现场和村干部介绍的情况，孔、张和王光明副队长、李玉泉副队长迅速对案情进行了分析和判断。凶手是针对二位老人的钱财而来，具体说是针对腊月里这笔卖树钱而来。老人卖树进了钱，因此引起贼人的贪念是不奇怪的。但苗家二老一人病残卧床，二人相依为命，在村里根本谈不到社会交往和亲友交往，一般也没人到她家串门。平时都是两个外孙女前来照应，其他人不管年轻年老很少见有人来叙旧谈天。而卖树这件事即便是苗庄这个小村，知道的人也不太多。因此鉴于知情人相对较少的情况，对作案嫌疑人范围暂定在村内和亲友中对这次卖树知情又熟悉苗家内部环境的人身上。因苗人贵老人在民警问及凶手姓名时，曾努力欲说出凶手姓名，但因病残和重伤发音不清致使民警未能了解真凶。但从凶手对卧病在床根本不具威胁的老人下手，应是互相熟识，为灭口而加害。

按照这一侦查范围，刑警队和南马乡王所长一行人开始分组对二老亲友和村内重点人员进行摸排。很快，一个人便进入了民警的视线。这人叫丁文立，男，二十六岁，他是苗家的亲戚，是丁桂芳的娘家远方侄孙，故此丁文立管丁老太太叫姑奶奶。刨树的这天丁文立就在苗家帮忙，而且从小就和苗家两个表妹熟，常来串亲探望、帮忙干活和聊家常。他是几里外丁家庄人。苗家亲友不多，常来往的更少，只有他虽非至亲却走得很近。

办案的规律向来是一切依据现场证据和调查事实说话，而不管被调查人员是否受害人亲友。据此线索，王光明、李玉泉副队长立即赶往几里路外的邻村丁家庄，对丁文立展开调查。经村干部介绍，丁文立现在城内一家工厂当工人，是接的其父的班。厂子不景气，现在也未正经上班。问起丁文立的体貌特征和为人，村干部说：丁文立一米七的个头，身材不胖不瘦，长方脸。为人不急不躁，也没见他和谁吵嘴干架、争打斗殴过。就是好打扮，平时穿着干净利落。工人嘛，不像农民穿戴那么随意。有了对丁文立的初步介绍和印象，王光明队长一行人来到了丁文立的家。丁家院子不大，土院墙很矮，从北边胡同进门。西房三间，南窗台下码着一垛白菜。丁文立的媳妇袁银莲在家，丁文立不在。丁文立媳妇说他赶集去了。两个孩子一儿一女也就四五岁、五六岁的样子。王队长和李队长在等丁文立的过程中，把屋子的情况看了个大概。桌子旁有个小坐柜，柜下有一双白色网球鞋，鞋是新鞋。留意一看一只鞋上还有血迹沾在前掌边沿上。趁媳妇照应孩子的机会，王队长将鞋子拿出屋外对阳光一看，血迹明显。看鞋底花纹和现场足迹花纹一样，且鞋就是网球鞋，鞋底清晰地注明二十六公分，都不用钢卷尺量了。正在这时，丁文立回来了，只见他骑着一辆多半新的二八型自行车，穿着一件绿色军大衣。正好，当即拘传回局。那时还有收容审查一说，马上办了收审手续。

回局后立即对丁文立进行审讯，谁知他年纪轻轻还真像苗庄村干部介绍的，为人真是不急不躁、不慌不忙。答起话来也是声音不紧不慢、不高不低，像经历过什么大的历练似的。问一句，他思虑半天答一句，后来索性就不吭声了。只说我没问题，人不是我杀的。再问，他回答："我怎么会杀我的姑奶奶和姑爷爷呢？谁干这事，我也不能干呀！"好像满腹委屈似的。问为什么现场有他的脚印，他说："他是我姑奶奶，我常去，难免地上有我的脚印。"他说起来还显得自己很有道理。问鞋上的血，他说是宰鸡时沾上的。后来，前鞋掌上的血迹化验结果出来了，还真是动物血。这可巧了，难道现场的足迹也是他常去留下的，那不巧上加巧了吗？干队长他们一分析，不可能！因现场屋里的黄土是新砸开的，而且新和了一石槽煤，煤仅用于晚上封闭地上火炉，第二天出现场时炉火仍然未灭。这说明煤是新和的，黄土是新砸的，脚印是最新踩上去的。丁虽然常去苗家，但也不会天天必到！应该是案发当晚踩上去的脚印。而且经多方向群众调查了解，均反映自苗家刨树之后，尤其是这两三天里，丁文立根本未再去苗家。如果是他来串门新踩上去的，他可以说前两三天来过苗家，这也没什么不正常。可令人生疑的是，他一直回避这几天来过苗家，说这几天家里有事未曾去过。丁文立一张长方脸很清秀，眼光是一种忧郁的光，问答时脸上肌肉从不见动，好似一块铁板，毫无表情。都说眼是心中之苗，可从他忧郁的眼神中看不出任何征兆，难窥其心中情绪。他摆出的还真是一副很有准头的样子。他越是如此，王、李队长越是对他不放心。因为从现场遗留足迹来看不能排除他，而他这种不急不躁的表现也太反常了。平时不急不躁，面对二人被杀、身背嫌疑的背景也不争不辩，这不太不正常了吗？还需搜集证据，对付这种人只能用证据说话。他大衣里白布上有血迹，后来化验结果出来了，丁桂芳正是这种血型。当时还没有 DNA 检测，只能化验血型。丁的大衣里子布上的血和丁桂芳的血相同，都是 A 型血。按理说，证据确凿，没跑了吧？可丁文立说他骑车摔了跤磕破了嘴用白手套擦血擦在大衣里子上的，是他的血，不是丁老太太的血。结果经提取化验，他还真是 A 型血。这就太巧了，二人血型相同，同属 A 型，人命大案，需慎之又慎！再提审丁文立，向其反复交代政策、宣示法律，可丁文立采取的对策是任你千言万语，我只一种方式对待，即不吭声。任民警说得口干舌燥，他只是以沉默对待，摆出了一副死猪不怕开水烫的模样。显得油盐不进，无处下嘴。真是死活不开口，神仙难下手。最要紧的是，从破案到抓人只三天时间，开始看起来比较正常，未见波澜。谁知随之后来的发展，足迹、鞋子、鞋上血迹、丁文立大衣里子上的血迹，竟然都出现了巧合。你说正常也可，不正常也罢，反正是有的证据不过硬，有的难成证据。麻烦的是，随着证据的不过硬，虽然丁文立并不知就里，可他这种老成持重的表现，却给办案民警出了难道。最麻烦的是时间一天天过去，转眼三个多月了，未见新的进展，更谈不到突破。几次提审，丁文立的态度还是如第一次一样，沉着应对，一如当初。又是两月过去了，转眼已是五个多月。王光明、李玉泉二队长商量，要打破僵局还是要依据现场，还得重新审视现场遗留物，力求寻找出新的证据。于是，王队长和李队长又重新检视了鞋子，反复验看，并无新的发现。随后又对这件绿色棉大衣开始检查。其实，从发案勘查现场那天开始，随着案情的逐步复杂化，他俩已多次反复验看这件绿大衣，力图从中找出证据，找出破获这次凶杀案的答案。可惜，多次反复认真验看之下均没有发现大衣上有何征兆。至于大衣里子上面的血迹，已不足为凭证。两人不甘心，再一次将绿色棉大衣拿出，在室内、在室外对着阳光对大衣反复验看，还是看不出任何端倪。后来又拿出了一个大倍数的放大镜对着大衣前面左右下摆从上到下一点一块认真查看。当对照到大衣右下摆中间部位时，情况出现了，只见右下摆中部有一小片地方隐隐约约地泛红。再抵近用放大镜细看，确实是有一小片但却分布有几个泛红处，面积特别小，大的有两颗小米粒大小，小的才一颗小米粒大小，都是一二毫米，这次用放大镜才看到。原先只是在阳光下用肉眼验看，哪里看得到。还有一点奇怪，令二位队长想不通，即这一小片分布几处、模糊不清、疑似血迹的东西，黏附在右下摆的位置是齐茬的，即是均匀地显示在大衣右摆中部偏上的同一高度上面。而中部偏下处却齐刷刷的毫无半点儿显示。这是怎么回事？难道喷溅血迹还会选择高度，下面像是被什么东西遮挡住了？为了证实这个设想，王光明副队长和李玉泉副队长他们做了现场侦查实验。苗人贵是在南炕头上平躺被害的，如用钝器砸苗的头，需先蹬上地上的灶台才能用力。于是选一身高和丁文立差不多的民警穿上丁文立的大衣一脚踏上灶台，一脚地下地演示。恰好，大衣的下摆下面一部分被炕箱即炕沿遮住了，这样血当然落不到被遮住的下部分，而只是落在炕箱即炕沿上面露出的部分，所以看起来血迹喷溅痕迹是齐茬的。疑问解开了，这更证实了丁文立是凶手。可是血迹量少，都是附在布上的一二毫米。我们的技术科不可能化验出来。法医姜伟、副队长王光明等人又采集大衣上一些血迹黏附的一丝布条作为检材，匆匆赶往公安部一二六研究所。该所的检验设备、人员素质全国顶尖，但也说检材过少，化验不出来。王队长和姜伟他们急了，干脆回来拿上绿大衣交给一二六所。这样竟然还真检验出了血迹的血型，属于 B 型血。而苗人贵正是 B 型血，丁文立是 A 型血。这证明正是在丁文立行凶时用钝器砸苗人贵的头时喷溅出的血迹染在了丁文立的大衣下摆露出炕沿的部位。公安部一二六所的检验报告出来了，证据确凿。这时王副队长和李副队长等同志于 8 月 10 日再次提审丁文立。这已是丁文立被收审后整整半年的时间了。这次在铁的事实和证据面前，丁文立是如何表现的呢？王光明、李玉泉问丁文立道："事实俱在，证据确凿，今天你还有何话说？"面对证据，谁也没有想到丁文立竟然扑哧一下乐出了声。问他乐什么？他答："是福不是祸，是祸躲不过。"到这时他还振振有词，这真是个外表沉静，内心蛇蝎一般的冷血动物，他还真笑得出来。两位警察说："既然知道躲不过，还不做彻底交代？"他说："半年了，为这事押在看守所，每天思量这事，吃不好，睡不好，也没个头，交代了得了，也有个了结。"看来，证据摆在面前，他觉得再抗拒已无意义。真是个不撞南墙不回头，不见棺材不落泪的人！

他开始交代作案经过：原来他上班的单位不景气，效益太差，所以工资不能正常发放。这样收入也不正常，时有时无；有时因发放不足额，生活来源受影响。他思谋方法，同村有的人出主意说到四川领妇女到这儿卖给人当媳妇可以赚钱（实是拐卖、贩卖人口）。当时他听了村人的话，张罗了几千块钱和人搭伙做这个买卖。结果没弄成，钱却赔了个精光。本来觉得日子艰难，这一来如同雪上加霜。他气急了，觉得把钱交给合伙的人是受了骗，所以决心向合伙人把钱要回来。但找了几次，这个人都避而不见。这人是光棍，经常门一锁，不见踪影，到处是家，到哪儿去找？难道几千元的养家钱打了水漂不成？眼看已近年关，更需要钱过年，又去找，这个小子还没回家。这都腊月二十几了，看来是在外躲债了。他越想越气，不能这样便宜了他！于是在腊月二十五的傍晚，他拿上了一把从厂里私拿回家的工具锤。一头圆，一头方，下面六棱形，打算再找这个同村合伙人，如果他还不在家就砸他家的锁。结果到了一看，对方还是不在家。气得砸了锁，进屋一翻，家徒四壁，除了点儿破衣物，根本没有值钱的东西。这时已是天黑六点多了。回家吃过饭后想想，这样不行，怎么过年？前些日子帮姑奶奶刨了树，她卖树卖了一千八百块钱呢！找她借点儿，多少都行。这是九点多想的主意。等到了十点多他穿上大衣，大衣兜里的锤子也未掏出来，赶到了苗庄的姑奶奶家。他在审讯中交代："我也未想到这次借钱是这么个结果。进了家，老太太刚要睡觉，因为地炉子的煤火刚封上。问我这么晚干吗来了，我说工资发不下来，该过年了，看姑奶奶能不能给借点儿。"她当即回说没钱借不了。她知道我帮她刨树了，接着说，卖树的钱还账了。我说，那你把香钱借我点儿（指找她扎针、拔罐的人给的烧香钱），她说香钱也没有。我一看她说没有，炕上躺着的老头说话也不利落，也没法向他开口。就算同他开口，他已病成这样也做不了媳妇的主。就这样僵住了再没法言语和在屋内待，只好告辞出门。老太太还送了出来。在这几步路的过程中，我脑子里很乱，心中很恼。心想，我经常帮你们收庄稼、干活儿，前些天还帮你们刨树，现在有难处你们手里有钱却不帮忙，自己太冤了。这时已是一脚门里，一脚迈出门外。我一下火上来了，控制不住，从大衣兜里掏出锤子照老太太头顶就是两锤。见地下有劈煤土的斧子，抄起斧子又照倒下的老太太头上用斧背砸了两三下。老太太没容吭声，就不行了。老头可能意识到了什么，在炕上呻吟出声。我想老头留着是祸害，必然会说出是我干的。于是，一不做，二不休，扔下斧子，我索性迈步奔向老头，一脚踏上灶台，一脚在地，照准躺在炕上不能动的老头的光头就是两锤。见他们两人都不行了，我索性里外屋翻箱倒柜地找钱，可没有找到那卖树钱，只在里间屋香炉旁的一个抽屉里找到了七十多元香钱。回到家，不到 11 点，媳妇孩子已经睡了。我洗了脚，把钱用两张旧解放军画报各包一包，藏在了南窗下白菜堆里，锤子也放在了里面。丁文立交代完作案过程，做完笔录已是半夜两点了。第二天，王光明、李玉泉二副队长率民警来到丁文立家查问赃款下落。丁妻袁银莲答："开春返暖时，白菜要烂，她在整理白菜时才发现那两包钱，这才意识到案子确实是丈夫作下的。但钱后来已被小孩儿生病吃药、开春买小猪仔花掉了，并交出了那柄凶器锤子。锤子正好是一头类似一个圆球，另一头方形，下面有六条棱，是一柄工具锤。这样，鞋子、血衣、凶器、证据齐全。

案情大白，丁文立因生活不如意，不是找正经事情干，而是想靠邪门歪道赚钱，结果受人骗赔了个精光。为了过年，开口向姑奶奶借钱，指望没多有少，怎么也能借出点儿钱渡过年关，结果被一口回绝。他没想到既然是开口求人，借给是人情，不借也是本分，不必苛求，毕竟人家并没有这方面的义务。不想他却恼羞成怒，控制不住情绪，竟然动了杀机，而且连害二命，使自己成为不可饶恕的罪人。

古关城苗庄一案，对人们在人生遇到不如意时该如何化解并控制情绪渡过难关提供了沉痛的教训，也给人们留下了思考和借鉴。

前门饭店枪案

北京前门饭店是一座著名的百年老店。它北依前门大街，南傍皇家建筑天坛公园和文化闹市天桥市场，建筑风格独特，室内设置豪华。过去是达官贵人、富商大贾下榻之所。

1949年应邀参加10月1日开国大典的众多民主人士除一部分安置在六国饭店外，大都享受了安置在前门饭店下榻的礼遇。

中华人民共和国成立后前门饭店再铸辉煌，名列北京八大饭店之列，又兼南面新建了友谊医院，西面“湖广会馆”重修，馆内饭店、戏楼修葺一新后重新开业，京华美食、京剧国粹文化的发扬光大，引来了无数国内外游客。

1995年12月19日上午10时40分左右，饭店内一名三十岁出头、相貌英俊、身材高挑、西装笔挺、革履锃亮的年轻人气定神闲地跨出饭店南大门。他可能还未预料到今天将是他挥霍生活结束的日子，因此表现得神态安详，对周围的异样气氛竟然无一丝察觉。他平静地迈下了台阶走向饭店前的停车场，刚要与面前的出租车司机搭话，突然司机周围几个方才还在休闲散步的人竟然一下好像听到号令一般齐刷刷地向他围拢上来。他未及反应便被几个人扭住双手，扳向背后。有人还掏出枪对准了他的头。这时年轻人头“轰”的一声，犹如过电一样，突然清醒了：坏了！犯事儿了，撞枪口上了。当然，他知道来的人是便衣警察，但是为时已晚。可他仍不甘心就这样束手就擒，“嗷”的一声，发出了绝望的歇斯底里的号叫并做困兽般的挣扎。他拼命用肢体冲撞，与警察扭打起来，争斗中突然传出一声枪响，声音清脆，划破了长空，震惊了路人。在这个闹市区出现了抓人场景，传出了枪响，路上的人们马上便围了上来，想看个究竟（事发后北京市局刑侦办马上查问了枪响原因）。见此情景，民警们怕引起路人围观，发生交通拥堵，更为了避免发生意外，在首都这首善之区造成不良影响，立即奋力将嫌犯制伏在地，随即将其塞入车内，即刻驱车分开人群，驶入了滚滚车流之中，呼啸着绝尘而去。车过六里桥，驶上了京深高速公路。半个多小时后，南行百余里到达了河北省涿州市公安局。这时，民警们的心才犹如一块石头落地。至此，一起重大团伙持枪入室抢劫案的案犯全部落网。

下面让我们回顾一下自中华人民共和国成立以来涿州市这起性质最恶劣、数额最大的团伙持枪入室抢劫案。

在涿州市城东二十里处有一村名雕窝，是一个大集镇。村子分为雕一至雕四共四个村。一千七百多户人家，近万口人，一万一千余亩土地。开庄建村的年代已不可考，只知先人建庄时其地有棵巨大柳树，上有一对巨雕。巨雕飞走后，雕窝仍存，遂以雕窝为村名，沿用至今。因雕窝村地处拒马河畔，水流充沛，随着河水三两年或年年不定期的泛滥，淤泥上岸形成沃土，年深日久成膏腴之地。粮食产量高，俗称雕窝河套。雕窝河套主要集中在雕窝村和西邻的卢家村、梁家场、马坊村、大小柳村、佟村等地。卢家村是东汉大儒卢植的故乡，现仍有卢植墓和卢氏宗族祠堂，卢氏海内外后人不时前来墓前祭祖。韩国两任总统卢武铉和卢泰愚都自称是唐代涿州卢植后人迁往韩国，卢泰愚在任时还曾派人代表他来涿州卢植墓前祭扫。而马坊村大寺为唐代卢植后人禅宗六祖慧能的禅院。雕窝村南里有一永安寺塔，塔高仅二十米，七层八角密檐式辽代砖木结构建筑。因其雕工精细，构造华美，现已被国务院列为全国重点文物保护单位，该村也被称为塔照村。而雕窝村北有元代大名路总管，清河郡侯张子良墓，为雕窝村北邻大柳村人。总之以上方园二十里之内再加拒马河沿岸一些村的土地均属雕窝河套。这是一块人杰地灵名人辈出的土地。

雕窝河套不仅土地肥美，还是水旱码头，货物集散之地。先说村北拒马河有一处大河湾，长达数里，与涿州境内琉璃河、小清河汇流后经“二龙坑”汇入大清河。这个大河湾汛期水深可达六七米，枯水季节也有三米余。此处河宽水大时近百米，主流达五十米左右。河北岸属沙滩慢坡，南岸挺直高出水面近二米，所以这里是个停船卸货的码头。秋天收河北岸庄稼时，前面拉捎两匹马，驾辕一匹马的长套载物马车可以驱赶两辆同时上大渡船，运过河到南岸高地大道。可见船有多大，载物吃水多深。码头上平日装载货物，繁忙异常。而河中小船载物走大清河、白沟河，往返天津卫，也是河中船帆相连，一幅热闹的景象。而平时这段河湾上有人摇船撒网、撒放鱼鹰，夜间在河里下捉虾的提篓，捉小鱼的苇箔扎成的“迷魂阵”如同迷宫，真是白天黑夜好一片渔猎景象。沿河旁专有靠打鱼为生的渔民，这些人看水势、观鱼情、使船、撒网技术高超。渔汛时每天能打百十斤鱼。如有名的渔家好手郑氏三兄弟，尤其是郑家老二技艺更是非凡。撒网时将一丈八尺长渔网向上空一抛，高达近两丈，撑开圆如满月，面积达三丈六尺，看了叫人喝彩。这样他白天打鱼，夜里鸡叫三遍，窗纸发白便起身，挑着百余斤的两个大鱼篓，步行穿过良乡一带农村，过宛平城到北京内城卖鱼。一则以求卖出高价，二则村里人平时家中无事也吃不起鱼，所以需到内城去卖。

天明到内城，运气好半天卖完，当日又步行百余里回家，习以为常。这都是以前的旧事。如今河水水势减弱，已不复旧日景象。以上说明雕窝作为水陆大码头，繁华景象可见一斑。

再说街内这个旱码头。雕窝是个大集镇，村里街长五里，集市长三里。无集日街里也是热闹繁华。村中有富家大户近十家，如西头张家，土地不说，只那光绪年间所建庄院便颇有气势。西边靠南一院，高大宽厚的围墙不说，还有南北东三座大门。除去北面有一小广场外，从西到东并排有三座三进三出的大院落。新中国成立后，一院落为乡粮库占用，东边一院落为乡卫生所、小学和生产大队占用。现存一院落由三进主院和东西跨院、后院组成。院落通长一百八十米左右，宽约八十五米，为四合院布局。坐北朝南分正房、配房，面阔、进深正配有别，均为单檐硬山顶前出廊式。过去几十年曾作为乡政府所在地，现已作为清代古民居保留。张氏后人少数在家，多数在京，有的“文化大革命”前即为北京市公安局负责干部。这样虽说只一户人家，却如同一个小村，故村人称其为小村张家。

村东头周家为满洲旗籍，河套土地百余顷，此外北京城还有宅院。周钟秀，行七，村人称为钟七老爷，光绪年间曾在北京城时任步军统领，负责京城治安兼管皇宫禁卫的晚清大臣江朝宗手下供职，任九门提督衙门左司“问官”。不知“问官”是何职、何品级，反正官职不大却很显贵。故周钟秀竟在家乡盖了一栋规模不小、设计华美、中西合璧的二层砖木结构小楼。庭前遍植各种珍贵花木，在涿州乡村可谓绝无仅有。

其子周奎正，早年在北京参加政府部门工作，1980年审判林彪、四人帮时，曾被指定担任其中一人律师，可见资历、学问之深厚。其长子周奎武也在北京，武学精深可称大师，曾任北京市武协副主席，精于形意拳和八卦掌，在武术界名声素著。但回乡时为人低调，很少在乡人面前显露本领，因此使人觉得莫测高深。

雕窝村有此富家大户，更兼水旱两路码头，村中酒坊、药铺、糕点铺、饭馆、客栈一应俱全。逢集日，东邻固安县也有人前来赶集。推车挑担、行商赶脚和摆摊设点的商贩布满一街。处于这个地势，雕窝人积年下来形成了极强的经商意识，雕窝大集货物集散量是别处不可比拟的。

正因如此，改革开放以后，雕窝村民经商的潜能意识爆发出来，三里街市好像是一夜之间变得红红火火，一时间发展得很快。尤其是进入 20 世纪 90 年代后，市场规模更显可观，吸引了涿州市内、附近村队和东邻固安县的商户来往，经营规模、购货量日渐扩大。一时间雕窝村商业街名声在外，涿州市内商贩和固安县商贩来此批发进购货物的络绎不绝。当然，随着商业街的热闹繁华，人流的熙熙攘攘，街上也涌现出了不少经营大户，可以说他们成了最先富起来的第一批人，掘到了第一桶金。

事情总具备两面性，商业街的繁华促进了雕窝村的经济发展，在一定范围内形成了商业流通的小气候，促进了当地人就业和生活水平的提高。但是，也吸引了不劳而获的人的贪婪目光。小偷、扒手开始前来光顾。这还不要紧，要命的是更为凶残、邪恶的目光也开始盯上了这个市场，以致罪恶的行为终于发生了。

1995年11月25日傍晚，天刚近六点就黑了下来。这时在商业街南端路西的一家商铺还在忙碌着。

这家商铺的主人姓韩，名叫韩秀，三十七八岁年纪，中等个头，面貌和善。妻子肖凤英，膝下有一儿一女，儿子十三岁，闺女才三四岁。两口子在街里时就做买卖，扩商业街后从村里集市搬来这里，在距离南面112线国道四五十米的南北街路西盖了五间门面房。房子坐西朝东，五间门面南北各两间，中间开门。进门后整个一排是五间长营业柜台。柜台后是商品，收银台。南墙根下是立式保险柜。经营项目是百货、烟酒、副食。这些都是前台的明面货，其实经营的主要大项却是香烟的批发、零售。当时是烟草虽由国家专营，但私人也在进货批发、零售。虽说对香烟限制从私有渠道进货和批发，但还远没有形成严格的制度。这样，给法律留下了盲区，使人能打擦边球。何况走私、批发、零售香烟利大，所以一时这个行业很火，也很来钱。韩秀家便是如此，在街里时他也赚了钱，因此开发商业街才第一批在街上建了门面房。门面房后面是另一个院，也是五间北房，从西面到南面转圈盖起了七八间小棚子，是存商品货即香烟用的。后院是从门面房南边开的东南门。

韩家经营购进和批发香烟因生意有规模，很红火，因此买卖逐渐扩大，于是花十几万添置了一辆北京红叶牌面包车。拆除座位能装下一百五十箱烟和杂物（香烟论件，一件五箱，一箱五十条），为此雇了邻村一人开车。韩秀的妻子照顾孩子帮不上手，因此又雇了一个邻村二十岁的女孩儿小刘帮忙卖货。

韩氏夫妇每天夜里两三点钟即起床准备，四点多钟出发向东南二百多里达廊坊市霸州的胜芳镇。早八点多到后，市场也就开了。这里自行车及配件、香烟各种物资应有尽有，当然也会有冒牌货。装一百五十箱一车，合十多万块钱。当天往回赶，下午两三点钟就回到涿州家里了。因已形成规律，所以小商小贩每天下午三四点钟就按时赶来从他这里进货。有的开212吉普车来批四五件（二十多箱）烟，有的开三蹦子来（柴油三轮车）批两三件，一般都是晚上七八点钟批发完。

韩家店铺所处的地势要从安全角度，即防盗角度上讲并不是太好。越往北铺子越密，人口多，夜里店里有人；越往南铺子间距越大，人稀；而韩家的铺子恰在最南端。当初是看中了这里离国道近车辆出入方便。再往南还有三两家店铺，可有的房子还未盖好，盖好的还未收拾装修，因此这几家夜里不留人。韩家生意最好，所以为了照顾买卖才在后院盖了房安了家，全家大小和司机、服务员小刘一起夜间也住下。所以，韩家商铺的地势有点儿处在荒郊野外的景象。有时大声说话，街坊四邻也不会听到，因为相隔太远了。

因此，韩家门面房屋才盖得台基高，五间房铺面门板严实，中间门门板也厚。后面院里还养了两条大狗，一只在外巡视，一只在笼里做报警用。我的司机小王也是百里挑一，一米八六的大个子，复员军人，三十岁，正当年轻力壮，为的是出车时凭着身高力大，壮如铁塔，一个顶俩，不会受欺负。后院两条大狗护院，若有动静，犬吠会惊跑歹徒或能和歹徒搏斗。可以说，主人的防范意识还是很强的，考虑和布置安排还算周密得力。

但是俗话说，不怕贼偷就怕贼惦记。韩家买卖好，进项大、发家早，名声在外，尽管严加防范，还是招来了贼，历了一劫，发生了针对他家的三人持枪入室抢劫重案。打伤人后，劫走现金二十多万元逃走。

接雕窝派出所所长高跃东报案后，因案情重大，时任保定市公安局副局长兼涿州市局局长，技术员出身的王明亮立即带刑侦队、技术科民警火速驱车二十里赶到现场。高跃东所长迎上来简要说了情况，王局长一行立即勘查现场。但是几名受害人在劫匪逃走后互相解开被缚绳索，又去前面店内查看情况，检视货物、保险柜，叫来村干部，在室内和后院忙乱一阵后才打110报警，所以现场已被严重破坏，致使未在批发商店室内和后院找到任何有价值的痕迹。先从前面店内勘查，只见柜台内烟草货物丝毫未动，看来犯罪人意不在此。只是柜台、地下一片狼藉，地下扔着一条大铁棍。保险柜上起装饰作用的柱头被砸断跌落在地上，柜身前把手被砸弯但并未被砸开，屋地上有点滴的血迹。店主人韩秀说是他被绑匪用大刀片打破头留下的。写字台抽屉都被拉开了，地下散落着一些单据、发票。此外再无其他明显值得参考的东西。按顺序从店的后门下两三层台阶到了后院。后院五间正北房，西面有三间棚子屋，连接南面一排棚子屋。据主人说都是存放烟草等货物用的仓房。北房最东面是两间稍矮些的耳房，一间是厨房，一间是餐厅。餐厅间有一张大长餐桌、几个椅凳、五斗橱柜和立柜形储物柜，地下还扔着麻绳、电线绳、破布条等，看来是匪徒捆绑受害人用过的。王局长带一行人又勘查了院子，看有无匪徒遗留足迹。但见地面上脚步杂乱、重叠，已无可用价值。院子靠南墙一只二米多见方的大铁笼内一只大狼狗蹲伏着，奇怪的是大狗不吠不叫，任由人们在院内忙碌着，看来它是被吓坏了。因为身旁笼子外就躺着一条个头和它一样大小的狼狗，只是已经被打死了。经查，大狗身中两枪，一枪在头部，一枪在腹部。经查找提取现场遗落下的子弹壳，发现是体育用小口径手枪子弹。中心现场和第二现场勘查完后，王局长又带民警仔细查看了匪徒的出入路线，之后又来到烟草批发店的外面公路上。这是距南面 112 线国道十字路口向北五十米的地方，也是通向村里的南北走向的公路。民警先从公路东面查看，看是否有匪徒乘汽车或者摩托车等交通工具的痕迹，未有发现。遂又转向西面，在离烟草批发商店南去二十多米的公路路肩上发现了有汽车驶过的痕迹。从路面草地轮胎痕迹看，汽车是头南尾北，最后向南启动后驶向油漆路面逃走。经勘验汽车轮胎印纹、规格和两轮间轮距，前后轮轴距，确定为小型轿车。再据轮胎印仔细研究，认定该车的发动机比较少见，应属日本产系列车，皇冠轿车一类。因当时市面的汽车种类还少，故而确定起来还能做到。现场勘查完毕，对受害人的询问也在进行中。先对烟草批发店主韩秀进行了询问。

11月25日这天一直忙到晚上8点，香烟货物才基本批发完。这时前面店里只有韩秀和小刘，妻子去别人家串门了，司机小王也回了后院和两个孩子在一起。韩秀和小刘清点了一下当日所进款项，整整十七万九千多元现金。因天晚乡信用社已下班，故未存上。于是都装进一个平时用来装钱的黑色提包里，用脚踢进了柜台后靠西墙的写字台下，正靠近保险柜。忙完这些，韩秀就预备上门板、锁门，回后院吃饭了。对于下面的事发经过，韩秀在案发后对民警叙述得很清楚，也很带感情，颇为感慨。正在这时候，忽然有人敲门，小刘去给开了门后就回后院去了。这时门外走进来一人，开始从北到南顺着柜台看摆列的商品。韩秀说："我等着他买货。只见这人中等个儿，圆脸、大眼、眉毛很重、高鼻梁、元宝嘴，是一张三十岁左右俊俏的脸。身材胖墩墩的，就是人们常说的墩子个头。身上穿一身笔挺的蓝色西服，还扎着领带。当时我心里还在想，好漂亮的小伙儿，准是城里的，我们这没有这么干净帅气的小伙儿。只见他也没正经看我，只是向屋里用大眼睛扫了一周后又用手不经意地随便指了指柜台内的一种烟问多少钱。我回答了他，他没回应，也没买的意思。我正纳闷，这时这人咳嗽了一声，随着咳嗽声又进来了两个人。后来才意识到，这一声咳嗽是他们的暗号。走在前面的人也是三十岁光景，个儿也不高，略比先进屋的这个人高点儿。但他身材瘦，其实也不是瘦，而是比先进来的那个圆身子的小伙儿身材匀称，大姑娘身材似的。圆脸，眼很好看，特有神，显得眉眼秀气。也是一身笔挺的西服，领带扎着，衣服好像刚买来穿上似的，光鲜、亮堂，在屋里灯光下显得很鲜亮。我正纳闷怎么又是一个漂亮小伙儿，还是大姑娘的长相？这时第三个人也到了柜台前。也是身材瘦瘦的，透着一身好身材，个头、年纪也和前两个差不多，也是俊小伙。所不同的是，这第三个进来的人上半身不是西服而是棕色皮夹克。当时村里人穿皮衣的还不多，买不起。当时刚时兴穿皮衣，穿皮夹克的人更少。这皮衣一衬，显得人更精神。我当时还想，今晚这是怎么了，哪来这么三个干净漂亮的帅小伙儿，这肯定不是农村人，而是城市人。不知他们这么晚了到我这儿要买什么？正想着，不想先进屋那个圆墩墩的小伙儿忽然从身上掏出了一把二尺多长的刀对准了我。那个穿棕色皮夹克的人随即一转身插上了店门，等他转过身来时，手里已是拿着一把手枪。一边对着我，一边快步进柜台堵住了通向后院的门。而第二个进门的大姑娘似的那个漂亮小伙儿这时竟然从西服里拿出了一支双管猎枪，看上去枪柄、枪管都很短。他们三个都一齐对准了我。我一下子就蒙了，觉得简直就是在做梦！他们这是要干吗？要抢劫吗？过去听说过，没承想今晚自己赶上了。我还没醒过神来，只听面前那个圆墩墩的小伙子说：‘知道你倒烟挣了大钱，快把钱拿出来，不然要你的命。’他这压低声但却是恶狠狠的一叫，我才醒过神来。抬眼一看他们，三个人脸色都变了。人真是奇怪，刚刚还好好的三张俊气的脸，现在就像那川剧变脸似的，突然都变了。没了原来的模样，都是咬牙瞪眼地盯着我。眼里都是凶光，个个满脸杀气。领头那个圆墩子脸变得最快，五官都快挪位了。他眼瞪得溜圆，本来他眼就大，这一瞪更大了。接着他恶狠狠地说：‘装什么傻，说话呀！钱在哪儿？’我刚说了句‘没钱’，他拿大砍刀照我头就砍了一刀说：‘骗谁呢？’这人刚进屋时看着面善，可这时下手可真狠，简直没法想象他和刚才是同一个人。这一刀把我头砍破，生疼，血流下来糊住了左眼，头发也糊住了一片。接着他又说：‘把保险柜打开。’我一犹豫，他用刀背照我肩膀就狠狠砍了两下。我觉得肩膀都快让他砍折了，可是头疼、肩疼，心中一慌就硬是找不到钥匙了。他们要我赶快找，我说你们越催我越想不起放哪儿了。又问，我说，我找不着。他三个一见急了，便拿刀、枪指我别动，随即在柜台旁、货物架上、写字台抽屉里乱翻，把收据本、驾驶本等东西也翻出来了。翻出一把锤子和铁棍就砸保险柜，一时砸不开就又在屋内各处翻。这样又闹腾了一阵，到底把写字台下盛钱的手提包找到了。是那个穿皮夹克拿手枪的从写字台桌下面找到的。那两个贼一见马上就凑过去，三个人脑袋碰在了一起。穿皮夹克的人拉开拉锁，三人一看整兜子都是钱，都露出了欢喜神色。那个拿刀的还说：‘这不结了，早说不少找苦吃嘛！’三个人随后把我们推搡着从店的后门拽到了后院。他们把我一家，两个小孩儿和司机小王、服务员小刘一起推搡着赶进了东边的厨房里，还挨个儿把我们都捆上。倒没堵上嘴，因这荒郊野外的，即便你大声喊，也不会有人听见。他们让拿刀的看着我们，那两个人又去前边店里翻腾。”以上是受害人韩秀的陈述。

接着民警们又分头对小王、小刘及两个孩子分别进行了询问。司机小王虽然个子高，但见匪徒有枪他没敢反抗，而是任由他们用绳子捆上了。匪徒怕他反抗，还特意把他塞到了屋里的柜里，叫他没法直腰。绳子不够，匪徒们又把电灯线割断，又从其他屋里找了些绳子，把小刘和两个孩子也捆上了。拿刀的看着他们。工夫不大，那两个人又往后院推过一个人来，是城里开食品店常来进货的客户赵炳强。看来他可能是进货来晚了，正赶上抢劫也倒霉了，也被捆上推在我们一边。那个拿刀的说：“低头！不许抬头！别找倒霉！”这样他们也不敢抬头看匪徒，对方可能是怕被他们记住模样。因院里天黑，灯暗，所以除了看三人个头差不多外，说不上三个人的具体相貌特征。过了一会儿，没动静了，大家这才发觉匪徒走了。从头至尾始终是拿刀的那个人说话，那两个人自始至终没搭言。前后时间也就是半个多钟头。匪徒刚进后院时两条大狗汪汪叫，拿手枪穿皮夹克的人抬手对那个向前跑上来的狗就是两枪，把狗打死了。吓得笼子里的那条狗也不敢叫唤了。

看他们那么凶，大家都没敢反抗。司机小王把情况也说了个大概。

现场勘查和访问中，王局长和民警们心情很沉重。看来这是一伙明火执仗地持枪入室抢劫的匪徒，作案手法老到、熟练且心狠手辣。从目标选择到实施犯罪乃至逃离，时间、作案手法拿捏得都很精准、迅捷，一点儿都不拖泥带水。而且现场遗留物较少，就是说可供破案参考的证据很少，可说是惯犯所为。问几个匪徒的相貌特征，韩秀说得比较清楚。但有些细节特征，他说天黑、时间短，恰巧还停了会儿电，硬是记不清楚了，看来多少也受到了刺激。问司机大个子小王和服务员小刘，他二人说看他们拿枪动刀的，又两枪打死了狗，还被捆绑起来不许抬头，所以当时害怕就没敢抬头。在后院时天黑，被捆在厨房时屋里暗，只见这三个人年龄相仿，胖瘦、个头都差不多，具体到相貌、特征说不上来。民警们安慰他们说，别紧张，慢慢回忆。二人还是说不出个所以然来。这时，店主家那个十三岁的小男孩儿却对民警们说："我知道他们仨的长相。"大家一看，小孩儿虽说才十三岁，可已长成半大小子。脸很俊气，大眼忽闪忽闪的，透着稚气的精明劲。问他真记得清吗？他说记得清。看来，小孩子稚气未脱，虽遭遇了一场事变，并不知道胆小害怕。被捆上时大人害怕不敢抬头观察，年纪幼小的他不知道害怕，只充满了好奇。要他说，他把拿刀的、拿枪的、拿枪穿着皮夹克的一一说来。说的面目特征各不相同，各有特色。用他的话说："当时把我们捆上，不许抬头瞧。可我个头小，捆着坐在地上，竟仰望着看他们了。"看来，匪徒看人时是盯住了小王这个大个子和韩秀、小刘，对这个十几岁的孩子根本没注意，所以孩子始终看着匪徒的一举一动。匪徒们的面目在孩子的眼里已成了终生记忆，印在了脑子里挥之不去。孩子对民警们详细描述了这三个匪徒的面貌特征和各自的衣着打扮，为模拟画像提供了可靠依据。

这次持枪入室抢劫大案，劫走内装现金十七万九千多元的手提包一个，还顺手牵羊劫去韩秀的价值一万多元的"大哥大"一部，以及后来一头误撞进来的购烟客户赵炳强的一万多元烟款，总计二十多万元。

现场勘查访问结束后，基本上确定了持枪入室抢劫匪徒为三人外，在外还有汽车接应，车上应有一人（司机）或两人放风。

王局长当即和主管副局长、刑警队大队长、技术科科长、城东几个乡镇的刑警中队中队长在雕窝派出所进行了认真的案情分析。除确定了犯罪人乘坐交通工具的车型外，并立即按韩家小孩韩应平的描述，向保定画院的一著名擅长人物肖像绘画的教授求援。请他协助画出三个犯罪嫌疑人的模拟画像。鉴于这一持枪入室抢劫性质恶劣、数额巨大、社会影响极坏，已成为保定市辖区当时数一数二的大案，保定市局也派刑警队领导王利民和副队长李铁等民警前来督导和参战。两级领导一起就破案范围、方向、摸排重点又进一步认真研究，统一了认识。一致认为，作案人结伙持枪入室砸枪，目标明确，手段凶残，惯犯犯罪可能性大。交通工具选择当时还不普遍的汽车作案，实属罕见。且说明作案人居住地与发案地应路途较远，极有可能是跨区域作案。但选择城东几十里位置并不太冲要的农村，说明应有涿州市境内外勾结的可能性。因此初步确定侦查范围、方向、重点对象，分阶段工作。第一阶段初定为十天：一是以雕窝现场为圆心，以二十里半径为目标，把范围定在城区和城东雕窝、豆庄、码头、义和庄等乡镇，抽调刑警大队、中队、各派出所警力三十人和协警四十人，分成七个破案组。集中对工作范围进行拉网式清查、筛查。如此先突击城区和市东各乡镇，主要是为了集中使用警力。之所以分阶段进行，是因为集中警力后暴露出警力不足，不能一下子在全市铺开，只能分阶段进行，以防工作中发生遗漏。二是考虑到劫匪是对烟草批发店进行袭击，应对此行业下过功夫踩点、研究，不排除内勾外联成分。因此确定对涿州市内的烟草批发店和销售网点进行集中时间、集中警力、集中精力的拉网式清查、筛查。要求七个破案组对辖区内烟草商贩和店主要三定、三清。对摊贩人员在案发当天定人、定时、定位，并做到摊点清、人员清、进货渠道清。还要求对商贩人员三掌握：掌握其历史情况，主要亲属、社会关系情况，业务和业务外人员交往情况。同时强调了对民警的纪律，何处漏查要处理责任人。三是对辖区内三十岁上下有盗窃、抢夺、抢劫前科的人摸排。对此年龄段有赌博恶习的人清查。注意发现线索。四是根据团伙作案特点，注意发现受过打击的刑满、劳教期满释放人员相勾结、结伙作案的迹象。五是刑警大队和中队、技术科、辖区派出所要发挥特情人员和技术手段的作用，力争尽快发现蛛丝马迹，尽快抓获作案人。六是对周边市县，高碑店、固安县、涞水县、北京市房山、良乡、定兴县、霸州市、胜芳镇发协查通报。如有同类案件，是否同一伙人作案？如是，考虑是否作并案处理。

第二阶段：十天过后，召开会议，将侦查范围扩大到全市，警力转移至城西。要求全局刑警大队、中队、辖区派出所对全市进行拉网筛查，并跟上临摹画像辨人。力求尽快破案。

组织调度后，秦重瑞、王增富组排查清凉寺辖区。王光明组排查豆庄乡辖区。武守义组在雕窝派出所高所长配合下，带李德政、李仁义等民警排查雕窝乡辖区。其他组排查向阳乡、柳河营、里渠乡和义和庄乡。工作在紧张、有序地进行着，一张无形的大网在冬天寒冷的夜幕中拉开，一场围剿持枪犯罪团伙的战役开始了。很快，几天时间里，七个破案组和派出所日夜工作，摸清了城区和城东部几个乡镇的烟草批发销售点和规模性商店，做到了底数清、情况明。不但以上涉及范围筛查清楚，有的组还根据工作进度的实际情况，提前发展到了城区西部。

原来，第三组武守义中队在摸排当中，有的烟草批发商户提到了城西的一家商店。说这家夫妻经营的综合店也批发烟草，批发和销售量可观，而且进货渠道也是雕窝批发店。获此信息，武队长带李德政、王仁义等民警马上赶到了城西。打算按照三定三清三掌握的要求查清这家商店，看能否从中发现有价值的东西。

他们先看了下这个店的规模和位置。只见门面三间，虽是综合店，但看来批发、零售香烟才是大项。店在瑞安庄乡政府旁边，离112线国道很近。相邻都是商店、饭馆和乡信用社、供销社、邮电分局。按经商条件讲，位置冲要，地段繁华，确是黄金地段。在接触之前，他们先找到派出所唐所长了解情况。唐所长谈到，这家店是夫妻二人经营的百货综合商店，但实际上还是以香烟的批发、销售为主。丈夫赵旺、妻子柴秀芬，二人隔些天轮流开自家的一辆微型面包车到雕窝烟草批发店进货——购进香烟。二人的表现嘛，虽看不出什么异样，但结交的人却很杂，又都爱打麻将。牌桌（自家店、饭馆和麻将馆）上结交的人也杂，有的是北京或其他外地人，来历都很可疑，不像正经人。唐所长一席话，超出武队长和李德政、李仁义等人意外。本来是打算按三定三清要求，通过他夫妻二人了解有无案件线索，有无不速之客来此打探和窥视烟草批发、销售行业底细的人，借以发现有无结团纠伙打雕窝商店主意的“有心之人”。怎么听唐所长所言，这个店本身却不怎么稳当，开店的夫妻二人离正经的生意人相去甚远？看来，这趟是来着了。于是，武队长一行干脆要唐所长介绍，都有谁和这夫妻二人最熟，能了解到情况。唐所长说："现成的人，咱乡政府院里有个开汽车的司机，叫于民新，他就和这夫妻熟，常在一起打麻将，关系不错的。"当下武队长一行马上要所长找来了于民新，简单和他讲了一下，要他介绍赵旺、柴秀芬二人情况。于民新中等个，方圆脸，三十多岁年纪。听后当下无言，面色极不自然。看来他平时对己要求不严，交往人杂，一听之下颇感压力。他迟疑地说道："是和他们夫妻一起常打麻将牌，有时还在他们商店旁的饭馆应邀吃饭。"他二人相交的有几个人，要他说详细些。他说："前段也就是将近两个月前，他们夫妻邀我在他家店旁的饭馆吃饭。当中有三四个人也是他们夫妻二人的熟人，他们谈得很热乎，像是特别熟。推杯换盏之际，酒酣耳热之中，大家开始聊做什么生意赚钱。这时赵旺桌上的朋友，听上去是东北口音的一个人说：'看来你们涿州条件还不错，挺富裕的。'这样赵旺就吹涿州离北京近，条件如何好。这时一个和东北口音的人年纪相仿，也是三十岁左右的人开口说话，却是京片子(北京口音)：'现在做什么生意好做，来钱快?'赵旺媳妇柴秀芬搭言说：'让我说，卖烟（指走私香烟和批发假烟）就来钱快!'那个东北口音的紧接着问：'你们涿州卖烟的谁趁钱?'柴秀芬嘴快，接茬说：'雕窝有一家倒烟的就挺趁钱。'酒桌上这些人瞎吹瞎聊，当时我也没怎么走心，现在看来这些人可能有问题。"看来知道雕窝烟草批发店案发后，公安人员一找，于民新也有了压力。不管怎么说，于民新的话引起了武队长他们的高度警觉。这些人喝酒吃饭的酒后之言，是桌上闲聊还是有心之举？绝不能掉以轻心，必须弄清这些人的真面目。想到这儿，武队长问于民新道："这里面你认识几个人?"于民新说："我只认识两个人，一个人只知他是瑞安庄乡的人，不知道叫什么。另一个是本乡赵村人，也是三十岁上下的小伙儿，叫田风凯。平时也不见他有什么正当营生，只是到处瞎跑，说是倒腾着个什么买卖，在跑业务。平时还开一辆半新不旧的不知从哪买的二手面包车，不时来饭馆和赵旺店旁的加油站加油，和赵家夫妻关系很近。"又详细问了这几个外乡人的体貌、特征，尤其是面貌特征。于民新答："几个人年龄都是三十岁出头的样子，个头、身材都差不多。"因当时没太留意，面目特征印象不深，反正长得都比较清秀，没有衣着不整、匪气、粗鲁的样子。竟然和雕窝受害者的反映有相似之处，听到此武队长一行人不禁心里一动。情况介绍完后，武队长对于民新做了布置，你在乡政府工作，要珍惜自己的工作，别走了弯路难以回头。回去后和赵家夫妻照常来往，但要注意他二人和那几个酒桌上朋友的情况，好能了解出他们是哪里人，叫什么名字。发现异常，及时向我们汇报。于民新听罢连连点头答应，然后心事重重地去了。

简单的情况摸排使武队长和高所长一行精神振奋，他们隐隐地感觉到了这个赵家小店不是简单的小小综合商店，他们交往的这些北京、东北口音的人可能也绝非等闲之辈。因为他们的话题谈到了雕窝烟草店，而恰恰是在近两个月后，这个店遭到了持枪入室打劫。难道这一切都是偶然的吗？何况几个人的年龄、个头、相貌和雕窝案作案人都有共同之处。必须尽快搞清这伙饭桌上酒友的底细。于是武队长、李德政、王仁义他们几个人立即紧张地投入了对赵家夫妻和他们朋友的调查。经几天对赵旺夫妻的调查，发现他二人急于发财，所谓有病乱投医，正经的人没交几个，交往的都是瑞安庄乡、东城坊乡一些不务正业的社会闲散人员。赵旺夫妻见这些人今天开个旧面包车来，明天另一个人骑个又大又新的摩托车去，就觉得这些人有来头。因为买旧车和摩托车都需万八千元才行，这在当时都是大数目。又见这些人中有北京口音的，而且都是三十岁上下，西服革履、衣着光鲜、外表体面，于是认为这些人可能有意外之财。又听他们张口闭口地谈哪笔生意，便认为他们开皮包公司，即空壳公司，在跑业务有本事。按他们的话说："趁钱。"外围摸的情况，止于此了。于是武队长、高所长分头对他们作了传唤，要夫妻俩说清自己和交往人员的来历。谁知，俩人不愧是夫妻，在公安人员面前，分头叫屈，说不了解这些人的真实底细，平时只是吃喝来往。问这些人都是哪里人，姓什名谁，也说只认识一人是东城坊人，具体那村的不知道。另一个人叫田风凯，本乡赵村人。除田风凯之外，他们夫妻并不认识。每次吃饭只是田风凯要他们作陪，再加上嘴馋就参加了，并不知道酒桌上那几个人的来历。其实，即便他们夫妻不说，乡里的于民新也知道赵村的田风凯。二人非但不说情况，反而像事先约好的，分头在传唤时闹起了情况。柴秀芬说头晕，无法坚持谈话。赵旺要赖也说犯病了，问犯得什么病，却说不清楚，反正是病了。送柴秀芬去市医院，她的病却越来越重，还真是因情绪紧张有病症状况。先是由民警石志温和周玉强在医院监视了几天，后来只好送二人回家。谁知回家后，柴秀芬又给刑警队打电话，说服了安眠药想自杀，但又不想死了，要刑警队救她，这样又被送到医院。在和这对夫妻打交道的几天里，二人的表现使武队长感觉到，他们越是频频闹情况，越说明他们心虚，二人是以攻为守，在刻意隐藏真情。于是，武队长和高所长、李德政、李仁义等同志商量，欲擒故纵、将计就计，干脆要他二人自由回家。说你们的事就到这了，既然不知情，回家过你们的日子去吧。二人不放心地问武队长是真的吗？武队长说："是真的，放心去吧。"二人满脸狐疑地回了家。二人回家后，武队长立即布置，要唐所长警力配合，对二人的商店采取了秘密监视。赵旺的商店在路东朝西，对面正好有一座二层楼，也是经商的。在对店主做好工作后，七八名民警分拨换班开始了对赵旺店的二十四小时昼夜监视。说起来，这座二层楼下面是门面，对外经营，楼上却是存放商品的仓房。为防火，楼上无取暖设备。蹲守两天后，近腊月的天气，几名刑警已冻得够呛。但为了发现线索，同志们加厚棉衣，居高临下，对一路之隔的赵旺店铺认真监视，咬牙坚持着。

第三天的上午，天气晴朗。大约十时，李德政、李仁义等人冻了半夜，日头出来了，互相活动手脚，驱散着寒气，仍警惕地监视着对面的三间门店。只见赵旺的店从近九点时就下窗板营业了。柴秀芬在店内，赵旺还不时下到店门的三层台阶，到门外和熟人打着招呼。看来好像一切如常，可能和前两天一样，不会有什么情况。二人正在这样想着，忽见从南向北开来一辆半新不旧的小型白色面包车，开到赵旺店前十几米戛然而止。随即前车门被打开，跳下来一个青年人。从监视的楼上望去，此人中等个头，衣服看上去整洁、利落，他迈步向店前走去。恰在这时从店内出来一民警，着装整齐；同出来的还有一人，身穿便衣。这时只见那人一愣，停住了脚步。很快，见他向这两人摆了下手，随即转身大步流星奔向白色面包车，接近面包车时已是快步小跑。到了车前，开前门，发动车、倒车、掉头，一气呵成。随即加大油门冲向南边112线国道。监视楼上的李德政、李仁义等同志本来见此车刚停时便分外注意，这时一见情况突变，慌忙冲下楼尾随车追去。但人奔跑哪能追上发疯狂奔的汽车，眼见那白色面包车冲上了东西向的112线国道，并转弯向西奔去。二李赶紧要其他民警监视面包车去向，他俩去找车。那时车辆紧张，公安局车辆少，办案时车辆配置也少，慌忙中调瑞安庄乡政府那辆吉普车向西急追。由于耽搁了时间，追了二十里达涞水县界，又继续向西追几十里到易县县界，但踪迹皆无，始终未看到那辆白色面包车。向武队长报告经过，立即找那个民警和穿便服的人。原来穿警服的人是乡派出所的一位协警。他并不知我们有监视活动，因此才着装大摇大摆地出入赵旺的商店。和他同行的人是乡司法所所长，当然他也不知道公安局民警正在对面楼上奉命监控赵旺的店，因此无意间惹下了这个乱子。问他们开车跑走的人特征，认识不认识。二人谈了特征：中等个头，衣服很整洁，是西服。面部未见明显特征，感觉长得模样还可以。因只打了一个照面，未能记住详细特征。又问为什么向你俩摆手打招呼？他俩说的确不认识，不知那人摆手是什么意思。问车上还有人没有，他二人答，那人是从副驾驶那边下的车，车上应该还有驾驶员。忽然乡司法所所长说："这辆车我好像见过，我记住了车牌号码。"一听有车号，武队长马上向交警队打电话查询。得知此车牌号车主正好是田风凯。正是前段于民新谈到的有住址有名姓的熟人。车是田风凯的，那从车上下来的陌生人是谁？这人未进到商店，赵氏夫妻与他未接上头，他如此警觉，见了二人尤其是一人穿警服扭头便跑，一定是心怀鬼胎，怕撞在网内。武队长和高所长一碰情况，马上调集警力，集中清查田风凯与撞网人下落。通过到赵村摸田风凯的情况，田风凯近几日未回家。问村治保主任田风凯都和什么样的人来往，有无撞网特征的人。主任答，田风凯交往的人很杂，有北京的，还有东北口音的人，做什么不清楚，反正是买了辆二手白色面包车四处招摇，说什么北京有朋友在做买卖。具体做什么买卖，谁也不知道，因为看不出他在经营什么。怀疑是皮包公司，空手套白狼搞诈骗。

看来目前抓到田风凯是关键。武队长一行人全力以赴，在田家布控力量，加强监视。派出警力对田风凯经常接触的不三不四的人进行调查，以求确定他现在的活动规律和落脚藏身之地，并将情况及时向王局长作了汇报。王局长将情况通报了各破案组，要求注意发现田风凯的踪迹，以求扩大线索，达到突破。

几天过去了，从田风凯的家赵村到他常接触的人员，武队长一行人摸了个遍，却没有发现他的踪迹。看来田风凯可能成了惊弓之鸟，有可能外逃了。他究竟有什么问题？是否涉及雕窝案？放下这边同志们正在担心和焦虑不提，我们再来说其他破案组。技术科的同志案发后也忙碌着。突然这一天法医姜伟急匆匆地来找科长张津生，说田风凯托他的一个熟人给他捎话：说他最近特别害怕，怕他的朋友黄建昌和黑子又称“老黑”，干掉他灭口。问他要是自首能不能放过他？张科长一听，什么大事才能灭口啊，这说明田风凯一定参与了什么大案。而提到的黄建昌和黑子又是什么人？他们会不会参与了“11·25”抢劫大案呢？张津生马上回复田风凯同意他自首。一天后，田风凯提出在松林镇的东面火车站旁和姜伟、张津生见面，时间选在中午11点钟。张津长、姜伟按时而至相会地点。可离会面时间已过去了一个多小时，田风凯也未露面。这说明案情重大，事关田风凯生死，他疑虑重重，未敢轻易露面。可过了一天，田风凯又一次托另外一熟人传话时，他们做通了几次带口信的两个传话人的工作，表示工作忙，下次再见面，故意吊一吊田风凯的胃口。张津生他们这一不着急，田风凯可急了，多次托人捎信要和张津生、姜伟他们照面。在这多次捎信往返的过程中，张津生他们摸清了田风凯昼伏夜出的规律和经常藏身的落脚点。张津生他们通知了刑警队陶队长等人，在12月13日的夜里，大约十点钟，张津生、姜伟、陶俊峰等一众民警从北京市房山区长沟镇旁良庄村的一家农户中（田风凯的朋友）将田风凯一举抓获。经查，这个赵村的田风凯现年二十八岁，小学文化。在小学毕业后就学油漆工。1985年刚十八岁就随人跑到新疆建筑工地当油漆工，直到1993年才又跑回涿州老家。回来的原因是，跑新疆那么远，因没有什么技术也挣不到大钱，所以回来了。在审讯室里，陶队长一行人对田风凯进行了讯问，要他说清事情经过。为什么两次三番要求和公安人员会面，谁要杀他灭口，干了什么罪恶活动？田风凯这个瘦高个子，而色黑中泛青，两个小眼睛骨碌碌地转动，显得既紧张又多疑。他说："交代了我能从宽吗？"参加讯问的局领导答复他说："关键还得看你个人的表现。说清楚了，揭发别人可减轻处罚；别人揭发你只能加重处罚。"田风凯坐在椅子上，抬头看看这个，又转头望望那个，最后叹口气说："我全交代。"接着他说道："雕窝倒烟的那家店是黄建昌带人抢的。抢的人有东北人、北京人，我全知道。他们怎么分的赃物、赃款我也知道。"说到这里，他停住了，眼珠骨碌碌转动，观察着在场的领导和民警的表情。局领导和陶队长交换了一下眼色，果然是这起大案！看来全市动员，大批民警拉网清剿，攻势凌厉，声势浩大，罪犯们明显感到了压力，所以才会沉不住气要求自首。要他继续说，他说道："公安局查得紧，黄建昌他们着急了，东躲西藏。又不放心，怕我这知道情况的人报了密，要除掉我，所以我才揭发他们。"问他都是谁干的，他说："由东城坊镇金堂村的黄建昌挑头，有北京的卢金泉，又叫三泉子，还有东北的黑子干的。另外，就是瑞安庄乡鱼池村的汪明续、大沙岗村的许增春和我都知道这事。"局领导和陶队长、张科长等人又要他简单交代打劫过程。他答怎么打劫的他不清楚，但知道怎么准备的。显然是在避重就轻，甩清自己的罪责。他只讲了案发后，见公安局查得紧，黄建昌要他开着面包车到赵旺夫妻店那儿打听下消息。因赵旺他们从雕窝烟草店进货，可能知道些情况。结果那天黄建昌一下车走了没几步，见有警察出来，吓得慌忙上车，催他赶紧倒车、掉头、逃跑。跑了一段怕公安局的人追上来，他们转向北边村的土道，绕大圈跑回了家。顾不上他说的这些，马上将田风凯先行收审，立即调派警力去抓捕黄建昌、汪明续、许增春。结果，武队长、高所长一起到东城坊镇金堂村却扑了空，黄建昌未在家。武队长和高所长前一段已摸出黄建昌就是赵旺酒桌上的常客，也曾拿作案人的临摹画像对其熟悉的人辨认过。结果辨认人说不是，说黄建昌本人比临摹画像上的人胖。武队长等人半信半疑，心想如果真是黄建昌本人，发案至今仅半个月，天天催肥也胖不到哪去，因此对黄建昌并未放弃。经调查，后来发现此人可能就是那天迅速上白面包车从赵旺门前逃走的人。因此对黄建昌家布置监视，但始终未发现其回家。这次已经知道了黄建昌是雕窝作案人，据特情人员报告他刚回家，这才进宅抓捕，没想到还是扑了空。看来黄建昌狡猾多疑，进家十几分钟即迅速逃离。与此同时，抓捕汪明续和许增春的民警也扑了个空。经了解，发案后汪明续、许增春二人根本没回过家。看来，很可能已闻风外逃。

局领导和武队长、高所长分析认为，既然黄建昌是挑头组织者，那么抓捕他是关键。于是布置警力，并要东城坊派出所周振杰所长组织民警配合，对黄家住所严密监视，迅速摸清其关系人和可能的落脚点。既然他回家十几分钟即迅速逃离，说明他回家有事要办还可能回来，因此要耐心守候，务必防止他外逃。果不其然，两天后，12月15日夜，周所长等人把匆匆回家并要立即离去的黄建昌脚赶脚堵在了家里，并从其住所搜出了大砍刀，以及一支短柄打铁砂和钢珠的小火枪，人赃俱获。立即交武队长一行带回局里审讯。一开始黄建昌还顽抗，说大砍刀是防身用的，火枪是用来打兔子的。可谎言怎能辩得过事实？抵赖三天后，在武队长、高所长的严厉攻势和斥责下，黄建昌不得不交代了所犯抢劫罪行。问其卢金泉和黑子即老黑的存身之处，也不得不进行了交代。

事不宜迟，必须尽快抓住卢金泉和老黑这两个重要嫌犯。12月19日，在涿州督办案件的保定市局刑侦支队的王利民大队长和李铁副队长与武队长、高所长、李定年等一众民警，立即驱车从涿州市进入北京丰台区。时间不长，几十里的路程，到了丰台区铁匠营街道办事处附近。这里原来是清代打造兵器的匠人聚集区，因此叫铁匠营。共有东西南北等六个铁匠营村，距离原为清廷皇宫种花的花乡和方庄小区都不远。西南是王佐乡，原属良乡，现都归属丰台区。除座座高楼外，毗邻的还是块块庄稼地，是城乡接合正向城市进化的地区。同志们先到了东铁匠营办事处和派出所联系。卢金泉在浦安东里A号楼住，并无户口，只有房。这是一座六层楼，一层是卢金泉、黄建昌租用的汽车司机的住处。根据黄建昌的交代，先用呼机通知了司机有事，不要外出。于是民警们断定司机在家，随即敲门，破门而入。司机被堵了个正着，人、车都在。车果然是日本产的老皇冠车，车身蓝颜色。武队长等人亮明身份。这个司机名叫杨民玉，四十多岁，北京中北汽车出租公司职工。由他带领立即冲上了三层楼，这里是卢金泉的居所。敲门无人应声。武队长等人早有准备，砸开防盗门，破门而入。只见室内空无一人，两室一厅的居室设置整洁有序，床铺衣架干净鲜亮，看来屋主人卢金泉是爱美之人。经搜查，门后大衣柜内有一支短小的双管猎枪，子弹已上膛，应该就是雕窝作案的那支双管猎枪。要司机杨民玉用呼机联系时卢金泉在哪里，卢回呼机答在前门饭店。王大队长、李副队长、武队长、高所长一行人不敢怠慢，一刻未停，立即要杨玉民一起开车经前面不远的永定门火车站赶往前门饭店。路途不远，一会儿就到了。到了前门饭店停车场，车都停下，立即让司机杨民玉用呼机呼卢金泉，谎称车在饭店前剐蹭需要解决，请出来一下。卢金泉不知就里，贸然来到饭店门前。这才有了本篇故事开头前门饭店枪声那紧张惊险的一幕。其实需要补充说明的是，当时卢金泉困兽犹斗，像发了疯一样，他知道生死存亡在此一举，因此才以性命相搏。在与民警搏斗中，这个匪徒竟然挣脱出了双手，迅速从腰间抽出了一把新疆刀子。这时，王光明队长，北京铁匠营派出所赵所长一齐上前按住了卢金泉的双手。就这样，卢金泉用刀还划伤了我们的一个司机的胳膊。武队长、高所长、李定年也冲上来，人多手杂，而匪徒却只有一个，因此施展不开。匪徒与民警的手腕交叉难以分辨。匆忙混乱中李定年竟然将李副队长和卢金泉的手腕铐在了一起。李队长将错就错喊道："铐在一起，看你往哪跑?"混乱中枪响了，子弹从武队长帽檐上穿过，打出了一个豁口。原来是一名民警紧张中手枪走火，差点儿造成重大事故。将卢金泉推进车后搜身，他竟然还在身上左肋部别着一把匕首，那是未容得拽出来的另一把凶器。怪不得他穷凶极恶极力挣脱，原来是想拉垫背的。

至此，田风凯、杨建昌、卢金泉被收审归案，东北人黑子在逃，汪明续、许增春在逃。汪明续于 1998 年 4 月归案，许增春也于 1998 年年底归案，独黑子漏网。故事讲到这里，雕窝烟草批发店持枪入室抢劫案的犯罪嫌疑人不管漏网还是外逃的，毕竟全部六名作案人都露出了水面，暴露在了公安人员面前。而两名主犯和一名从犯已经落入法网，其他作案人的归案也只是时间长短罢了。

那么这个六人持枪抢劫的犯罪团伙都是些什么人呢？他们是怎么纠集到了一起，进而实施犯罪的呢？团伙中的小伙计田风凯是最先出现的角色，我们也对他有所介绍。至于另一个他的同乡也是同伙许增春，团伙内称他为春子，时年刚十九岁，只是入伙的马仔，跟着跑腿而已。而鱼池村的汪明续，当时三十二岁，比田风凯、许增春要成熟老练得多，而且出谋划策没少卖力，选择目标、踩点、定点也亲力亲为，本来是骨干和主谋之一。只不过阴差阳错，他们刚要实施犯罪，不巧汪明续的岳父死了。汪明续因协助处理丧事，只得将作案时间后延。而后实施突袭砸抢商店时，又由汪明续守家做后援。案发后风声渐紧，他又嗅觉灵敏地闻风而逃，数年后才归案，避过风头，得以判了个长刑，避过了更重的打击。他虽然是乡下人，却在城里的水门沟街租下了房，和老婆、孩子在城里安了家。而主犯中的嫌疑人黄建昌当年三十四岁，他家住在涿州拒马河故道旁的东城坊镇金堂村。家中弟兄三个，他排行老大，家境本来可以。高中毕业后恰逢改革开放建筑业崛起，沙石料走俏。拒马河道广有河沙，遍布西瓜大小和状如拳头、鸡蛋、棋子的鹅卵石，村中人都投入了沙石料的产业，成了脱贫致富的先行者。如黄建昌沿着这条路走下去，勤劳苦干也能致富。可他好逸恶劳，吃不得苦，又想一下子发大财，所以走了歧路，游手好闲、打架斗殴，什么都干。黄建昌先是于1996年因打架斗殴伤人被劳教二年，释放后破罐子破摔。这人虽不务正业但长相可以，而且好打扮，有钱后就会买好衣服，西装革履，油头粉面，事事招摇，又染上了赌瘾。成天出入赌场，身上不离一个挎包，里面是一支找村人自制的弯柄枪，打钢珠、铁砂。近处他在东城坊镇、南马乡赌，远处到高碑店市赌。赢了行，输了一推牌桌，牌乱了不算。人家不服，他便掏火枪要拼命。所以后来赌场都拒绝他进去，不让他赌。他见在南边吃不开了便掉头向北，去和涿州相邻的北京市良乡，后来在丰台区石榴庄小区居民楼租房。结交的都是北京社会闲散人员，痞子、流氓之类。聚赌，还学会了诈骗。他结交的人中北京人、河南人、东北人都有，唯他是涿州人，所以圈中的人称他外号“老涿”。另一个团伙主要成员卢金泉却是北京市人，当年也是三十四岁，家住丰台浦安东里居民楼。这人家境很好，父母双全，两个姐姐，只有他这一个男孩儿，乳名三泉子。父母、姐姐对他从小宠爱，从未叫他受委屈。可以说是在父母、姐姐倍加呵护中长大的。初中毕业后他在北京皮毛厂当了工人，可他不安分，走了歪道。1982年因盗窃被判刑四年，1986年7月刑满释放后在北京广安门内机电公司做工。可刚安生了没几个月，1987年1月又去扒窃，结果被劳教二年。在劳教期间也不安生，在劳教场又打架伤人造成重伤。以故意伤害罪被判刑八年，被注销北京城市户口，送新疆石河子劳改场服刑。1994年1月被提前释放，回来立即与老涿、黄建昌、黑子等结识，结果第二年即在涿州砸抢烟草店犯案。卢金泉相貌端正、体型修长，尤其是长着一张大闺女似的脸，再加上家人宠爱，从小就好打扮，穿着入时，从哪看都看不出像作恶之人。可他长了一副菩萨相，却生了一颗恶魔心。从小不务正业，入狱、劳教、再入狱。成年后一直在劳教所、监狱和劳改场过生活，直到最后踏上不归路。至于团伙另一主要成员东北人黑子却比他俩更狡猾，一直漏网。

那么，这个团伙到底是如何打起了涿州雕窝烟草批发店的主意呢？说来事出偶然。当然对盗窃、抢劫团伙来说，以盗、抢为目的，只要落入了他们的贼眼，受害是在所难免的。

原来在两年前，1993年的夏天，具体说是在6月3日夜间，这一夜急风暴雨，电闪雷鸣，大雨倾盆，如泼如注。从晚上9点多下起，整整下了两个多小时，可谓沟满壕平，致使涿州局部成灾。城内大街上也一时疏通不畅，积水没过脚踝。等第二日雨过天晴，人们才发现位于涿州市内的千年古街巷水门沟街北边路西的市烟酒公司第二批发部，大栅栏门洞开着。接警后，公安来人发现，门卫和一值班人员共两人遇害，保险柜被砸撬敞开。经清点，被劫走现款约十万元。由于暴雨，天气恶劣，再加上匪徒行凶时将现场屋内自来水水龙头打开放水，致使屋内水满后溢到屋外院内，随院内积水冲至大街，可谓洗刷一空，现场被严重破坏。始终未破案。该院系新中国成立前涿州有名的老字号“福聚兴”，是私人经营糕点、油、盐、醋、茶、干鲜果品等物的杂货店。前面是门店，后院为典型的四合院。严谨有致，防火防盗。不想却在风雨之夜遭杀人劫财，一时闹得满城风雨、谣言四起、城乡皆知。日后还是人们闲话中的谈资，可以说影响极坏。当然，这爆炸性的新闻黄建昌知道消息最早，因汪明续就租住在水门沟街，离案发地几十米之遥，当然事后就告诉了他。对这件事黄建昌受到了很大震动。正像他后来犯案后在审讯时交代的：“听了这事后，自己当时受触动不小，心里结了很大的疙瘩，很久难平。”民警问他结了什么疙瘩，为什么难平？他答说：“这杀人的真胆大，福聚兴字号老宅子四合院那么严都能进去。看来批发烟酒的都是收现款。”原来他深深地受了这个案件的启发。干这行胆要大，选目标要选大量存现金的目标。批发和私人倒烟、走私烟都是现金结算，是最佳目标。当然这还是当时的想法，未想到自己如何干。因当时他的团伙还未形成，但这成了他的一个心结，即他说的心里结了个很大的疙瘩。而结的这个疙瘩在他心里实际上形成了一个祸胎，时机一到自然祸至胎生。

自此后他和汪明续来往不断，想着如何来钱的门道。老行当还是非骗即赌，以赌为主。到了 1995 年秋季的一天，他又招来一帮人。有东城坊几人，孙庄乡几人，还有北京来的东北人黑子等，聚众赌博。也是该着出事，一是这次人多场子大，二是玩的时间长，两三天竟然没有转换场子。结果在第三天夜里，被派出所端锅掏了老窝。这一抓赌，跑不及的被拘留了，赌资还全被没收了。事后才知道，是东城坊镇和孙庄乡两个派出所一起端了他们的赌窝，人家已经盯了他们好久了。黑子溜光油滑，跑得快，倒没有被抓着。但他大几千块钱的本钱全丢在了牌桌上，被民警没收了去。这下黑子不干了，愣说是黄建昌他们设的局，骗他来入圈套，害他赔了本。他怀疑黄建昌他们有人串通民警来抓赌。而黄建昌和汪明续也是有苦难言。因为他二人各损失几千亏了大本，等于快赤条条一身了。汪明续对黄建昌说："这样不行，得想法弄钱。"可怎么弄，到哪儿去弄，还没有准谱儿。为了安慰黑子，黄建昌叫汪明续在瑞安乡政府附近赵旺、柴秀芬店旁的饭馆请黑子吃饭，让赵旺夫妻也参加作陪。吃饭时大家云山雾罩神聊，汪明续和黑子问干什么最来钱，赵旺媳妇说卖烟就能来钱。问到涿州这儿有趁钱的吗？还是赵旺媳妇柴秀芬说，雕窝那家卖烟的就趁钱，因为她的店就从那里批发进货。这顿饭汪明续觉得吃得值，他觉得应该考虑一下，指抢劫雕窝这个批发香烟的。饭后汪明续就用呼机呼了黄建昌，说有买卖可做。当时黄建昌在北京丰台区石榴庄小区住，他叫汪明续到北京来。这样汪明续到了北京黄建昌的住处，说了可以弄高速路东雕窝烟草批发店一下子，解决眼下手头都紧的困境。汪明续这么一说，黄建昌马上想到了两年前福聚兴老字号内烟酒门市部被砸抢的事。随即说，他要是卖烟的，也得是现金结算，有现款。汪明续答说，肯定是，这一行都是现款结算。黄建昌说，你先回去，对那地方得仔细看看，摸准了，这里我和三泉子商量一下。汪明续回去之后就带着田风凯、许增春连着去了几趟雕窝，摸准了这个店早起四五点出发，下午三四点就到家了，到家就有车辆来批发购货，到晚上没客人了才关门。后来汪明续又带田风凯再次看了门面的门窗设置，进店买了盒烟，观察了店内柜台、收银台、保险柜位置；营业员的人数，男、女、年龄、体力强壮程度；又到北京和黄建昌商量。黄建昌说已和三泉子说了，三泉子同意干。汪明续回涿州后，黄建昌给汪明续呼过去说去找人干。汪明续回说这两天不行，他老丈人死了，正忙活，拖些天。这样拖了十天八日，又在一起商量。这样一直到了 11 月 24 日上午，汪明续、田风凯又到黄建昌住处。黄建昌说，这不是小事，得细致点儿，他得去看看地方。这样黄建昌、汪明续、田风凯三人租了一辆面包车从北京到了雕窝。从不远处下车后，汪明续领黄建昌到了那家店前，向黄建昌又一次现场介绍他几次带人踩点的情况，将这里的位置、地势、店内几个人等情况一一介绍。之后，他们开车返回。汪明续在城内水门沟住处下车回家，田风凯随黄建昌坐车返回丰台住处。第二天下午 3 点多，黄建昌、卢金泉、田风凯坐上他们经常包租的中北出租汽车公司杨民玉开的蓝色皇冠车，来到刘家窑火锅城，把东北人黑子接上车。这样四个人和司机杨民玉到了涿州水门沟汪明续的住处，当时汪明续的妻子也在家。杨民玉出屋的当口，汪明续叫许增春从他住处拿出了双管猎枪给卢金泉拿着。黄建昌拿着一把两尺多长的大刀。黑子带着自己从不离身的那把小口径手枪，都收拾好了才叫进了司机，要他开车。这样一行人驶了二十里路到了雕窝那个店南边路上，时间正是六点钟左右，天已黑下来了。他们让杨民玉看车，黄建昌、卢金泉、黑子开始了行动。以下的情况大家都清楚了，因为在本篇的开头受害者韩秀已经讲得很详细了。黄建昌领头进的门，卢金泉随后，黑子穿皮夹克最后进门。或许记得城内烟酒公司的案例，黄建昌他们开始对保险柜下了大力，但一无所获，最后却发现了盛钱的皮包。在他们的活儿收尾时竟然还擒住了晚来的进货人，涿州城内开食品店的赵炳强，又得了一笔意外之财。

打劫之后，几个匪徒大喜过望，回到北京丰台黄建昌的住处分了赃。黄建昌、卢金泉、黑子三人拿大头，汪明续、田风凯、许增春大小不等，各有所获。黄建昌、卢金泉、田风凯三嫌犯被擒后，外逃的汪明续、许增春几年后也陆续归案。黄建昌、卢金泉二人被判死刑；汪明续、田风凯、许增春三人分获长短刑不等；司机杨民玉确系不知情，受租雇佣开车，交保释放。

约两年后，1997 年 10 月 23 日，黄建昌、卢金泉二人在东城坊拒马河故道河套上被执行死刑。临刑前，卢金泉的姐姐去看守所给他送来他索要的好衣服。穿戴一新后卢金泉很满意，又略带遗憾地说："这辈子做错一件事，早知如此，当时就该把那几个人杀了。”你看，临死都不悔过，都不知道是从青年时就走了错路，一路毫不悔改才走向绝路。可谓至死不悟错在哪里。黄建昌行刑前，与其同居的女人抱着孩子和他道别。他临刑前也是上身雪白衬衫，青色西服罩面，雪白的袜子，锃亮的黑皮鞋。西装革履，光鲜无比，好像是一世风光而去，也未懂活着究竟是为了什么。徒具光鲜的外表，只能说明心里并不明亮而是朽如糟糠。至于黑子这个东北人，他二人临被执行死刑时都未交代出黑子的真名实姓和原籍、住址。也许是义气深重不交代，但更大的可能是黑子的道行比他俩高，玩得深沉，他俩压根就不知道黑子的真实姓名和原籍、住址，让黑子把他俩卖了个彻底。但黑子能逃脱惩罚吗？多行不义必自毙，早晚入法网。以他的所作所为，或许更名改姓隐姓埋名，但只要作恶，便难逃法网。这也是千古不变的定律。

雕窝烟草批发店团伙入室持枪打劫案，历时近一月，真凶主谋被擒，主犯服法。案发后，曾一时传得沸沸扬扬，造成了雕窝市场的紧张。破案后，富裕商户的恐慌情绪逐渐稳定了下来，市场又恢复了往日的平静与繁荣。

古镇凶案

从涿州城出南城门，依傍路东清代乾隆帝下江南时驻跸过的行宫（原宝庆寺）而行，只见殿宇重重，庭院幽深，假山嵯峨、柏木森森，更兼百藤蔓绕、鸦鸣雀噪，早年间被称为一景——古刹钟声。因寺内夜间青灯古佛、木鱼叮咚，梵音袅袅、暮鼓晨钟；钟声悠扬，催送着五鼓出城、戴月入城的商贾和行人，正是州城佳境。

前行二里，路西东庄头村北边高地立有一块石碑，宽二尺余，高有丈余。因这里是进出州城的官道，故行人、车马均从碑下路过。当地有一个传闻，抛砖、石如若在碑顶上落住，后世子孙兴旺。故常有人往碑顶上抛砖瓦、石块，求子、求孙。碑顶部仅有巴掌大，故落住的概率极低。唯其如此，真能落石的主人，才是百里挑一的幸运儿。故路人乐此不疲，而碑顶上也总是存有残砖瓦及石块，故此碑俗称“子孙碑”。

其实，这是多年来民间的一个大误解，此碑其实是早年间朝廷要官府所立的一座“分路碑”。碑文正面横书“分路”二字，下面右边竖行碑文正书“西路：定兴至保定、河南、陕西、四川、湖广等处”；左边竖行正书“南路：新城至河间、南京、山东、福建、广东等处”。碑文恰是指明了官道南行，西下所经的沿途省份。当然也间接地说明了涿州正处于自古“南北通衢，地当要冲”。离北京后南下，西行需从涿州分路；进京时需从涿州汇成一路经良乡县入京的冲要地位。

顺东庄头官道大路南行五里达张飞店村（又称忠义店，古称桃庄，为三国时蜀汉名将张飞故里）。村中街路西一座几尺高、几米见方的高台上有一口古井。井口石栏墩上数条井索痕犹在，每条井索印迹都勒进栏墩石中约半尺深，可见古井历尽沧桑、年深日久。高台上矗立着清代碑刻，说明是桓侯古井，即张飞当年卖肉、存肉的地方。从街中复南行到村口处路东立有清代所立的“张桓侯故里”石碑，路东坡高地上有张桓侯庙，庙宇庄严。每到春季，刘、关、张三结义的桃园故地桃花盛开，引来无数善男信女凭吊祭拜。西去二里是拒马河河湾中一深潭，相传为张恒侯未从征前的洗马潭，现古址犹存。正如清代杨衔诗赞道：“铁面丹心上将才，荆襄莽荡阵云开。横矛去佐三分业，无复澄潭洗马来。”尤其是逢桓侯庙会社戏之日，更是人头攒动，摩肩接踵，热闹非凡。

两千多年来，三国故事，尤其是刘、关、张的故事深入人心，这里又恰是三国演义的开篇之地，所以桓侯故乡一带的人豪气仍在，古韵犹存。其豪杰之气正是后人评价称道的“燕人遗风”。

出张飞店再转西行经官道六里就到了一个大镇店——松林店。此镇店兴起于宋代，盛于明清，民国仍是重镇。究其因，自宋始运粮河西来经东边码头繁忙，因此处有一片很大的密松林，故有人在林边设店，招揽过往官道和水码头上的客人，久而成村，名松林店。

随着水旱两路码头的繁忙，松林店东西形成几里长街，茶楼、酒肆、客栈、骡马店林立，后来又有大的饭庄、点心铺、烧锅、粮行、集市、钱庄、当铺、澡堂一应俱全。当然，随之而来的是路南北建起了不少青砖瓦舍的深宅大院，大院内是发了家的，即经商也有土地的主人。

因地当要冲，免不了也经刀兵之祸。远的不说，只说“民国”九年七月十二日，直系军阀曹锟、吴佩孚联合奉系张作霖发动了对皖系军阀段祺瑞的高碑店、松林店战役。吴佩孚设指挥部于松林店东十里的汉昭烈帝刘备故里楼桑庙的大殿内，而皖系主帅曲同丰及一拨将官将指挥部设在松林店一财主大院内。结果吴佩孚于七月十七日亲率部队，经张飞店突袭松林店，竟然将曲同丰及其部下全部将领活捉。群龙无首，皖军大败。所谓直皖之战，五六天内即以皖军土崩瓦解惨败而告终。

所以说，松林店的乡民历经了兵灾战祸，听惯了枪鸣炮响，见过大阵仗。同时这个镇店后来虽没了水路运河码头，但官道生意仍好，各色人等，行商、赶脚、骆驼商队下河南，走山西途经镇内住宿。镇内人和邻村柏林庄人，平日和集市日见惯了南来北往的客人，可以说比别处人见多识广。尤其是早年间镇的大街上还过押镖的镖车。镖车上插着认镖旗，英武雄壮的镖师雄赳赳地走在前面，彪悍的趟子手分列两旁护卫着镖车，轰隆隆地驶进骡马大店的后院，自有一番别处不易见到的异样场景。

到了中华人民共和国成立后的 1958 年，松林店在经历了办互助组、合作社、高级社之后，又成立了人民公社，定名为“红旗人民公社”，办公地点设在原酒坊烧锅处。因此处地方大，空房多。负责人陈兆三一众人等，在清理酒坊大车间时发现一棚子间存有大堆的旧账册。经认真逐册清理，竟然在一本清康熙年间的账簿中发现了“河间府窦尔敦赊酒若干折合银两若干”的册页，以及其多次往来单人或结伴住宿的登记。这可非同小可！这说明了民间流传几百年，现在仍活跃在戏剧舞台上的盗御马的绿林好汉，蓝脸红发的窦尔敦是松林店酒坊、客店的常客所传非虚。此账簿就是明证。而据“分路碑”所示，窦尔敦若回乡，进京或赴口外，必须走松林店、高碑店、新城方能达雄县、任丘而回到河间府的老家献县，回程也如此。因此，这松林店是必经之路。这也证实了百多年来“三侠剑”小说中的人物胜英、黄三太、黄天霸等人押镖经常露宿松林店，并非虚言，而是事实。更有传言，黄三太与窦尔敦在村东密松林内比武，胜不过窦尔敦手中护手双钩而违背事前约定的不使暗器而用金镖伤窦尔敦左膀的故事并非空穴来风。松林店、柏林庄一带民间传，村东密松林黄三太镖打窦尔敦确实可信。正是黄三太的背信弃义，激恼了窦尔敦，这才有了到塞外坝上木兰围场盗御马陷害黄三太，以报一镖之仇的故事。民间传，盗来的御马毛色如同黑色锦缎，当时便藏在了窦尔敦家乡献县的张庄，因此这村至今称黑马张庄。抗日战争时贺龙同志带一二〇师支援冀中，曾有黑马张庄战役，歼灭大量日寇。说来黄三太的师傅胜英和窦尔敦等人还是老乡。胜英从雄县南关经赵北口、枣林庄白洋淀大水闸到鄚州，而胜英就是鄚州东边二里路的古州村人。而窦尔敦是穿过鄚州（现属任丘），不走河间城便可达献县的窦家寨村人。两家相邻不过百里，都是江湖上响当当的英雄。可虽是老乡，但道不同不相为谋。侠义道和绿林道的英雄豪杰、名人好汉，频频在松林店住宿，饮酒豪言，比武放对，大大增长了松林店人的见识。松林店是大集市、大镇店，这样也增长了附近人和两村街道难以分清的邻村柏林庄村人的见识。世代以来，日久天长，耳濡目染，松林店镇和邻近村落，尤其是柏林庄村人已不知不觉地浸润了侠义之气和绿林豪杰之气。平时敢作敢为，遇事好使勇斗气，好打抱不平，效仿两肋插刀，也可以说是“燕赵遗风”的体现。固然，学英雄侠义、助人危难确实是好事，但怕就怕学非所长，学了短处。学成急脾气，好冲动，好使勇斗狠，不计后果，成了宋代苏洵老夫子说的“匹夫见辱，拔剑而起，此不足为勇也”。这就麻烦了，这样的结果很可能是招灾惹祸，酿成的苦果就需自己吞了。

松林店镇就出过这种事。出事的村子就是柏林庄村。柏林庄村和松林店村本来就街道相连，外人不易分辨。后又随改革开放街道各自延长又临街增设了营业门面房，这样一来，更是犬牙交错，双方你中有我，我中有你，外人根本分辨不清。柏林庄的由来是松林店村北原有一大片柏林密密匝匝，后围林成村故名。因紧挨松林店大镇店水路码头，后运河消失也还是下河南、走山西和陕西的官道，所以柏林庄也得风气之先，村中大姓、富户极多。后来，村子倒发展得比松林店还大。村中又有东岳庙、碧霞元君庙等道教观宇的相接连片建筑，雄伟异常。更有一奇处，村西早年还有一湾近五顷地大的池水，其形如月。其成因是数十条细小不等的泉眼自然喷涌，形成道道小溪。溪水汇集一处，因而成池。每当月白风清，空中月与池中月相映成趣。尤其清风送爽、荷花盛开，显得一川锦绣、十里清香，鸥鹭浮沉、锦鳞游泳；古刹钟磬声音清幽，香烟缭绕，真是一道人间胜景。故而元代《涿州志》载此景为涿鹿八景之一《月池秋风》（涿州自元代及明清皆习惯被称为涿鹿。这从历代文人诗作和清乾隆帝多次过涿州亦称为涿鹿的御制诗便是明证）。

正是有此环境熏陶，柏林庄历代诗人、学者辈出。民国及中华人民共和国成立后，专家、教授、工程师各种人才达百数。但柏林庄久处水旱两路码头和位置冲要的松林店大镇店旁，历来民风彪悍，胜过松林店。中华人民共和国成立前该村就出过抗官府、杀富济贫、亦正亦邪的独角神枪巨盗甄减，他横行多年，当地官府也不敢轻易招惹。这些负面影响显然也会影响后人。下面我们就讲发生在柏林庄的一件凶案，显然也是受了此类不良影响。

事发在1997年的12月9日，是农历十一月初十，前一日刚交大雪节气，天气到了下雪的节气了，还真特别的寒冷，滴水成冰。清晨时分，柏林庄和松林店交缠在一起的那条村东的十字路口已经像往常一样，经过昨夜的辛劳后，今天又开始了新的一天的劳作。这一带东西街南北两面都是改革开放后新开的街，逐渐兴起经营各式货物的买卖。门脸宽窄、高低、简陋与繁华参差不齐。商铺都在先后地下门板、捅火炉、生火。谁家的狗时不时地叫上一声，马上就有远近的狗随声附和。炊烟袅袅，鸡鸣犬吠，毕竟还是一片乡村清晨的景象。村边地上洒满轻霜，远处飘着一层忽轻忽重、忽静忽动的薄雾，如同缥缈的白色轻纱。那时还没有后来出现的雾霾天，所以还是一片古朴、自然、清新的景象。这一片农村田园诗的晨景，好像预示着今天和往日一样，又是一个平常的百姓安居乐业的冬日。

但事实击碎了现实。这天对商业街的村民来讲，却不是一个平常之日，而是一个黑煞之晨，天空很快便蒙上了霾色。原来在十字路路西二十几米路北有一家不大的门面，相邻也都是门面，路南也是一样。这天清晨约七点钟，天已亮了。路南店的男主人五十岁上下，无意地到对过的店里来串串门。到门前一看，房门虚掩，这是怎么回事？夜里忘了关门，还是早上出去了？这位大叔遂进到门里一看，屋里没人。又向里边卧室一望，床上没人，可地上一床被子像包着个人。怪呀，主人每天起得很早，今天这是怎么了？再说哪有裹着被子在地上团着睡的？大叔觉得纳闷，遂又向前走了几步，细一看，不对劲，再一看被子尽管蒙着头，但被子上还有血迹。这时他仗着胆子把被子一角用手拖扯开。这一扯开可不得了，直吓得大叫一声，声音都变了，随后拔腿而逃。如他事后所说，要是别人早吓瘫了，他仗着胆都不知道怎么跑出屋的。他到底看到了什么，竟然吓成这样？原来揭开被角他见到的是一颗血肉模糊的人头。脸上、脖子上满是砍伤的血肉翻开的瘆人景象。五官已难以辨认，脸上或是额头上似乎还插着一把刀。所以这位大叔跳到屋外大街高喊，救命！来人！清晨街静，再说大叔怎么也受了点儿惊吓，这一喊惊动了街上众邻居。人们聚拢来，听他一讲，互相壮着胆进屋草草瞭望或靠近点儿看看，都吓得马上退出来。下面的事自然是报告村干部，往派出所打电话报警，忙成一团。

刑警队接到电话已经是早八点多了。出警如救火！刑警队队长李荣彦立即召集几名刑警，通知了技术科张津生科长和法医姜伟，带一众民警立即出发赶赴柏林庄村，同时通知松林店刑警中队王光明和派出所杨所长到现场。

一路上，刑警队员意识到，松林店镇唯柏林庄村大，一村顶几个中等村，松林店镇已是大村了，因有十五个生产队。可柏林庄村竟然有二十六个生产队，住户虽然密集，确也南北绵延三里有余，为便于管理，党总支下设有四个分支，实际等于是四个中等以上村庄了。民警队伍中早有传言，松林店镇只要稳定住了柏林庄，全镇就等于安定了多一半。因村大，民风彪悍，发案也居全镇之首。李队长和张科长一路沉思，二十多里的路很快就到了。

现场是在村南头通往镇卫生院和与松林店相接的十字路口西一点，是坐落在路北与左右铺面相连的一大间，相当于两小间的门面房内。只见这两小间门面虽然不大，但进深却很长。原来里面是后来又接出的两间房。这就形成了门面两间，进深三大间，前窄后长的格局。

村治保主任和分支书记介绍：受害人名陆长江，男，二十九岁，单身汉，左腿有残（小儿麻痹症），走路困难，扶杖或以手拄右膝而行，现开了家游戏厅以度日。

细看现场，只见门面坐北朝南，屋内有六台投币游戏机，分别摆在靠西墙和东墙处，每处各三台。再向北往里摆着两台台球桌，是打台球娱乐的。中间通向门是通道，没有什么异常。再向后望，里面第一间是厨房，有炉具、案板、厨具，也未见杂乱。再后面一间才是卧室，有张床。只见床前地下一棉被裹着一人，因露着头，才知道是人。掀开被子后，尚有余温也可以说有热气。张科长将被子慢慢掀动，怕上面有残留的足迹，将被子慢慢地全部敞开，将受害人尸身摆放好。经尸检，虽是严冬，因屋内暖，身体不僵。再细看，打开的被子上果然留有一枚清晰完整的足迹。长度为四十三公分，鞋花纹中部留有“前进牌”的字样，前后掌呈斜纹状波浪纹。奇怪的是足迹是湿的，即被子上这部分是湿的，可足迹花纹却完整无损。说明虽经冲洗却未能冲刷掉。经检验，陆长江颈部以下，胸前、四肢无伤。伤均在颈部、头部、面部。左颈动脉砍断是致命伤，头部被砍，伤口深达脑颅骨内，几处伤也足以致命。面部被砍变形，显得恐怖狰狞。而其头部额头眉心处竟然还插着一把尖刀，也深达颅骨内。从整个现场综合分析，可以说作案人下手凶猛，且力道极大，致命处精准。

从手法上看比较老练，而陆长江双手、臂上无抵抗伤，看来连招架躲闪之功都谈不到，只是面对凶手施暴而连连中招而不能脱身。再经勘查，其他部位未见移动和杂乱，靠西墙地下扔着一把沾满毛发、血迹的菜刀，显然是行凶凶器无疑。细看，刀已有缺口，显然是乱刀齐下所致。床前一桌子抽屉拉开，内里只有些毛票和硬币。陆长江经营游戏厅应有些大面额钱币，可能已被凶犯拿走。看尸身旁地上有水冲洗的痕迹，应是凶手在破坏现场，而足迹处被子湿了也应是企图毁灭足迹所至。问受害人弟弟还损失了何物？其答：屋内 125 型“天马”牌摩托车不见了，包括行车本和一串屋门钥匙。

勘查完现场，李队长、张科长立即召集村委会、治保会提供情况，尤其是抢时间，摸清受害人昨晚何时停止营业，最后离开者是什么人。

一些情况马上反映了上来，据走猪肉的人说（这村有成伙的人每天运送整个和半扇猪肉坐松林店火车站的北京市区郊区车到北京贩卖，车每天早六时余从松林店发车，贩猪肉的人需每天早上 4 点多就动身赶往车站，因到火车站还有五里路），他们去赶火车 4 点多从陆家经过时还亮着灯，并见陆长江还在屋里收拾东西，由此推断凌晨四时陆长江还未入睡，可能屋内还有人。又了解到村民赵四、赵六二人常在市内和北京赌博，负债较多，曾借受害人五千元钱，是用“天马”牌摩托车作的抵押，即是说，当时价值不菲的摩托车是赵氏兄弟的。又经查，赵四恰在发案当晚回来过，于凌晨天不亮匆匆离去了，据说是去陆家要摩托车，没要成，还和陆长江吵了一架，行迹颇为可疑。得此信息，立即传讯了赵四，赵四除交代了近期确有赌博行为欠陆长江钱外，对当天的去向都交代得比较清楚，且有证人，称未去陆长江家要车、当然更谈不到吵架。经认真查证，赵四所言非虚，情况属实。故赵四去陆家要车，吵架一说，实属传闻，子虚乌有。是否事出有因，有人要转移视线？于是立即对传播无根谣言的几个“走猪肉”的人进行了认真排查，查其是何居心，是否有意转移视线。后来查清谣言制造和传播者属于好事者的胡乱猜测，遂对这些人进行了批评教育。经此一耽搁，十多天便过去了。

第一时间迅速摸排扑空之后，需要再次吃透案情，调整侦破方案。李队长、张科长、王队长和杨队长等人再次分析案情。现场在十字路口附近，距火车站、国道均不远，虽交通便利，但以受害人这点儿财力，外人来此选择性下手的可能性微乎其微。柏林庄村人、人流社情均复杂，再加上受害人待人接物不随和，人际关系也不太融洽，不排除结怨，即便是小事结怨，也可能招来报复。现在，游戏机、台球经营好，可能财多惹了人眼红，也未可知。况且此村民风强悍，小情小怨也可能翻起大的波澜。因此，村民风中一个特点，就是有些人性子刚烈、睚眦必报。总之，先立足村内人作案，当务之急是将案发时间尽快确定下来。这就需要了解受害人到底是何时停止营业的？哪些人是案发当天最后发现受害人？哪些人是最晚离开游戏厅的？而确定这些，某种程度上需从尸检现场得到证实，即从现场受害人尸体提取的胃内容物消化情况判断，原认为死亡时间在凌晨四时半以后是否有误。现已证实"走猪肉"的人说的时间已被否定，那么就需从尸检上要确切的时间了。张科长看着现场地上被犯罪人冲刷过的水泥地面和冲刷过的被子，很明显这是为了冲去地上血迹足迹和被子上遗留的足迹，可被子上足迹仍清晰可见。对此情况，久有经验的张科长不禁陷入了沉思。

看来凶手破坏现场的功夫不到家，可能作此大案有些手脚生疏，不像惯犯所为。又反复看地上和被子上的水冲痕迹，张科长不禁心内一动，他想起了去年春天涿州火车站旁住宅区内的一起凶杀案。报案人一早约八点钟报案，被害人是与他一起租房居住的妇女。刑警人员赶到现场时，室内现场已被破坏，屋内土地上已用水冲刷过血迹和足迹，但水还未渗透干净，土地很湿，显然用水冲刷时间不会太久。可据报案人说他凌晨 4 点 30 分左右回来发现女子被害时，地上就有水。这样，按他的说法，从发现女子被害到最晚时间到勘查现场（早 8 时 20 分左右）已是近四个小时，照理说屋地是土质早已渗透半干，可现在怎么看都像刚泼水不久，因脚踏上去还沾泥。张科长心生一计，叫人指出报案人并予以监视。

张科长在屋内当场做了试验，吩咐刑警国涛往屋墙角处倒了满满一桶水静待结果。仅一小时后，水渗干了，这说明报案人说的是谎话。马上拘留该男子，指着屋地斥问道："我们刚刚倒的水，仅一小时水就渗干了。你凌晨四时回到家发现人被杀，地上有水，已是四个钟头怎么水到现在还没有渗干？同一块屋地，从同一个自来水管里出来的水，这怎么解释？"这人没料到公安人员当场试验，有如此较真的这一手，顿时傻了眼，张口结舌答不上来。在张科长等人的连连喝问之下，该男子理屈词穷，只好招认了他与受害人并非夫妻，只是途中相识姘居，并由他拉皮条女子卖淫。今早 7 点多因卖淫钱款引起口角，一怒之下将其杀死，之后用水冲刷血迹，伪造现场后到公安局报案，未想到被公安人员识破。想到这里，张科长收回思路，又看着这个现场的水泥地，虽说是用水冲洗过，但水泥地渗得更快。要不是被子是湿的，地上水湿的印迹不细看并不太明显。怎么看也不像是下半夜凌晨 4 点多冲刷过的水迹。时间还可能提前，很可能是午夜或上半夜冲过。只有这样，时间隔得长，地上印迹才能看上去并不太明显。张科长与李队长、王队长碰了情况，二人点头。张科长随即对法医姜伟大声喊道："姜伟，你是法医，你说，根据尸检胃内容物情况，死者到底是什么时间被害的?"姜伟警校毕业刚参加工作不久，经张科长这一喊，不禁慌神，也有些紧张。他赶紧照本宣科地回答："按理论讲，胃内容物四小时内排空，两小时内胃酸将食物消化、磨烂。本案根据胃内容物已呈粥糜状的特征来看，应是饭后一小时多近两小时内死亡。"姜伟按教学课本的照章答话把大家逗乐了，他自己也不好意思地笑了。张科长笑着接过他的话说："要的就是你这句话。"原来通过进一步摸排，已知道受害人在当夜约 10 点在邻近副食铺子上买了火烧夹肉，如回来不耽搁时间吃下的话，应是 10 点多，那么根据胃内容物的磨损反应应在 12 点前遇害。这样一来，比原先说的凌晨四时多还亮着灯的作案时间一下提前了四个多小时。这个时间也符合地上所存水印迹形成的状况。据此，可见涉案之初，侦查走了弯路，脱离了以现场为依据的科学根据，轻信了 4 点多陆家有人亮灯之说。几名队长、科长、民警精神大振，马上查找夜里 12 点前后离开游戏厅的人，这些人可能会提供出重要线索，甚至可能内中就有凶手。这时已是 12 月 20 日上午了，马上展开工作。路子对了，线索摸得更快，很快摸到了 11 点半左右离开陆长江家的一个叫贾仁达的人，但这人不在家。

据反映贾仁达是在城内铁路东一部队工地上做瓦工的。未及耽搁，李队长马上派王光明、曾玉山等人跑几十里路在下午赶回城内来到工地上。时天色已晚，工人收工，正在工棚内用餐。只见简易工棚中几张餐桌，其中一桌上几个工友聚在一起，正在高声喧哗，用大杯子喝酒吃晚饭。经人指引餐桌上的贾仁达，只见他二十岁出头，中等个儿，很强壮，浓眉大眼的，酒兴正浓，正在和人大叫着碰杯。好容易制止了喧哗，李队长一行自我介绍并说明了来意。贾仁达这时酒已喝得差不多了。他睁着微醺的两只眼，斜视着李队长、老曾一行人，迟疑了一刻后才对几位民警说道："你们谁先干了这一杯子酒？你们要干了，我才能告诉你们。"说着满满地倒上了一大杯子酒，在桌上往前一推。大家一看，这几位工友喝的都是北京二锅头烧酒，酒性很烈。当时不知道贾仁达的用意，是借酒难为人，还是借酒使性，或是二者兼而有之。但有一点是明白的，即这一杯酒不喝的话下面的话是不好往下说的。几位民警互相对视一眼未及说话。只见那杯子是大号的，一杯绝对三两有余，不到四两也差不多。刚要搭言，只见老曾近前一步抄起杯子在手对贾仁达说道："说话算话？"贾仁达乘着酒性声音更大："一言为定。"听到这里，办事干练的转业武警老曾再不多言，抄起酒杯，一仰脖，咕咚咕咚几声，一大杯酒见了底。旁边众人大声叫好，有人从旁忙夹过来一筷子菜。老曾却未吃，而是亮着杯底盯住贾仁达道："怎么样？"意思是，酒干了，你说不说？这个贾姓小伙儿不愧是柏林庄汉子，当下说道：“好！喝得痛快！那我就告诉你，这个陆拐子（指陆长江）的游戏厅我是11点半倒数第二个离开的，我离开时只剩下赵远腾。”得，酒后吐真言。民警一行人道了谢，马上又连夜返回柏林庄驻地，一了解，确有赵远腾其人。赵远腾，1978年1月29日出生，汉族，初中文化，家有父母、祖父母和一个妹妹，身高一米七六，身体修长，长圆脸，皮肤白皙，疏眉朗目，非常秀气。他是身体、相貌都招人喜爱的俊气小伙，可以说是美男子。这人看上去既俊朗又文静，但这只是外表，其实他脾气火暴点火就着。这可能也有遗传基因，他长辈脾气就暴躁。赵远腾初中毕业后无业，外出打过两天工，受不了苦又回来了。所以现在每天无所事事，常在游戏厅耗时间。其实刚介入案情时，刑警就掌握了这人。但考虑到他家里条件好，且正处于和女朋友热恋中，家人也在为其筹备结婚的事，连两层楼都建起来了，只差室内装修了，人刚十九岁，正是好玩心性，所以认为其无暇他顾。又兼陆长江的屋子凌晨四时还亮着灯，可能主人还未入睡，而现场看除去杀人还抢劫钱财、摩托车，赵远腾的祖父是县城国营职工，其父叔也有人在城内工作，家庭经济条件比一般人家都强。赵远腾本人平时也无偷盗等恶习，所以当时未对他做过多考虑就从嫌疑人中排除了。现在一发现他竟然是最后一个脱离现场的人，大家意识到这是一个关键人物，必须弄清他的真面目。于是，马上查找他的下落。谁知，这人却失踪了。确切地说，从案发后的第二天开始，至今已十多天未见其踪影了。这一系列反常举动吸引了办案民警，这说明赵远腾嫌疑重大，必须马上查清他的下落。

经了解和赵远腾热恋的对象叫尤金玉，中学时和他是同学，师范毕业，和赵远腾一样也是十九岁，现在涿州城东三十里的码头镇中学当初中教员。考虑如果是赵远腾作案，无论逃向何处，都需同其未婚妻见面告别，这是常理。赵远腾年轻，并无多少社会经验，应该不会违背这个常理。事不宜迟，王队长、老曾等人刚才进城、出城一个往返回到柏林庄时已是夜里 10 点多了，再碰完情况已是深夜 11 点多。但机不可失，李队长立即带王队长、老曾等人马不停蹄又第二次驱车进城，向城东几十里的码头镇疾驰而去，于夜里 12 点多赶到。码头镇坐落在琉璃河畔（该河流从北京市房山区琉璃河镇下行至涿州境内汇入大清河，至白沟河直下天津卫入海），因新中国成立前和新中国成立初，水运畅通，舟楫相连，为水路码头，故而得名。

在镇西边临公路建有码头中学，坐北朝南的大铁门，很高。时更深夜静，为了不惊动旁人，李队长叫民警跳墙入院，敲门叫醒了门卫。警卫室的老头，六十多岁，半夜梦中惊醒，吃了一惊。李队长等人向他亮明身份，说明来意，要他回忆十多天前有没有人来找过尤金玉。这一提醒，老同志略一沉吟，立即说：“您这一问，我还真想起来了，有这回事。”李队长要他慢慢说，李回忆道：“大概是十多天以前的一个早晨，大约5点钟，我在警卫室听大门口外面有摩托车声响，我起身出去一看，有个小伙子在门外边转悠，旁边放着一辆红色的摩托车。我问他干吗的，他说来找尤金玉。还说他2点就出来了，在城内和朋友喝酒后路上和人家撞车了。我让他等到6点半才按规定给他开的门，他进警卫室还递烟给我。大概快7点了，他就骑上摩托车找尤金玉去了。工夫不大，大概7点20分吧，尤金玉和这小伙子骑着摩托出去了。”又问穿着、打扮，老同志说，小伙子穿的西服，大概有一米八，挺俊气。

听完门卫老同志的介绍，李队长和几个民警看到了希望，当机立断连夜找校领导，一问，恰好尤金玉在学校。了解到尤金玉是和一名女教师同宿舍，立即要校领导请该名女教师到校长办公室来。经向其了解，除去尤金玉的对象赵远腾来找过她，约10点多，一名中年妇女还来找过赵远腾、尤金玉二人；时间不大赵远腾和那中年妇女骑摩托车走了；到了下午赵远腾又和尤金玉出了校门，不知去哪；因看脸色不对，自己也不便问。听至此，要校领导送走这名女教师后，李队长他们马上传唤尤金玉到校办公室接受询问。人被叫进来了，只见尤金玉本人身材修长，容貌很艳丽，穿着也很入时，看来正在热恋之中的女子容颜、穿着正是讲究完美的时候。李队长他们认真打量这个尤金玉，只见她眼窝深陷，有一圈淡淡的黑晕。如果没有猜错的话，看来是尤金玉这些天缺少睡眠所致。如果真是这样，说明赵远腾如果真是作下了此案，那么很可能将不幸也感染到了她。虽是夜半起来被叫到办公室，看到校领导身旁的陌生人她却没有惊慌之色。看来，她可能有所准备，也可能预知这一天终会到来。民警们并不绕弯，而是直入主题，问她十多天前男朋友找过她没有，怎么来的，干什么来了。她说，男朋友赵远腾是来过，骑摩托车来的，只是看看她。此外再无多言，不管民警们劝她，如何交代政策，讲法律义务和责任，对方均是装聋作哑，再不回话，以沉默作答。几经反复，真是死活不开口，神仙难下手。看来，跌入热恋旋涡之中的人，即使身涉命案，如果热昏了头，也是难以自拔。可能尤金玉这时正处于此情此景之中。李队长他们见此景并未着急，因为同志们办案多了，知道时候未到，急也不行。好在她承认赵远腾来过，骑的红色摩托车，这就够了，下来有她说话的时候。交代完政策，李队长和一行人又连夜返回柏林庄驻地，时已近5点了。大家简单休息之后，已是次日早8点多，李队长、王队长、张科长一行人来到赵远腾家。赵氏夫妻二人均在，问起他们儿子的下落，赵父还比较平静，而其母却显得魂不守舍、神色慌乱。对这些，几位领导和民警都看在了眼里。对民警的发问，二人均说儿子出外做工，这些日子未和家里联系，不知下落。看到此情，几位领导和民警明知二人是言不由衷，但也不便深谈，便仔细地打量起了赵家的住房。这是一个大门向西开的院落，距离案发现场西去二百米左右，院里住房显得有些怪异。怪异之处是西面三间北房是平房，而接连平房的东面却是新盖起的两层水泥预制板的楼房。而楼房虽与平房相连却无楼梯，如上楼则需从平房上过到东面楼上的二层。这样需先向西房搭上梯子上房，才能到东面二楼，煞是奇怪。不知是未被建好，还是打算拆了平房另行设计上楼的楼梯。主人怎么想的民警们没时间去问。现在平房的设置、里外间已尽收眼底，无论如何都需要到新建的二楼上去看一看。因赵母说，孩子有时也在楼上住。张科长已四十出头，年龄虽不大，但刚闹过一次脑梗。现虽算痊愈，但一脚还跛。顾不得这些了。搬来梯子后，民警们将张科长上拉下托，好歹上了梯子到了平房顶，民警赵英剑等人扶着张科长又踏入了东面楼房的二楼。进楼后见四面墙还未粉刷完工，地上还有刷子和灰桶，一些装修用具散放在一边；有张床和被褥，很整洁鲜亮；这就是赵母所说儿子有时也会在楼上住的所在了。张科长和赵英剑等人志不在此，他们同时向地板上搜寻着。果然，在屋地床脚处发现了他们要找的东西：一枚轮廓花纹都清晰带血的足迹，映入了他们的眼帘。掏出钢卷尺一量，足迹恰好长四十三公分，鞋花纹与案发现场的一致。几个人对了一下眼神，都会心地笑了。做完技术处理，几个人下了楼。李队长一见几人满面春风的样子，知道已有斩获。简单碰了下情况，便要赵远腾父母交代儿子下落，二人默然无语。几位民警一看，这未来的公婆和准儿媳一样，都是在公安人员掌握一定证据后装痴作呆。看来真是不是一家人，难入一家门。只是这种态度和即将到来的境遇，能不能成一家人还另当别论。李队长他们心里已经有数，当然并不着急，而是从容离开了赵家，回到驻地，马上开会汇总案情。大家认识到：足迹反映一致，赵远腾在案发当夜骑红色摩托车去码头镇找对象，而现场被盗的也是红色摩托车，之后下落不明，可谓案情已经明朗。现在是要其父母和女朋友交代其下落的时候了。于是，第二天在不同地点同时传唤赵远腾的父母和女朋友到场，要他们说清楚赵远腾的下落。对方言语支吾，还在拖延，遂依法将赵远腾母亲甄立芳和其未婚女朋友尤金玉于25日刑拘。

原来他们犯案后，见公安人员办案时不像外面传的那样如何可怕，所以竟天真地以为可以拖延时日，以致刑拘进了高墙电网之内才慌乱起来。其母犹可，尤金玉在公安人员“事已至此，你包庇隐瞒还有何意义，切莫一错再错，辜负大好青春”的开导之下不禁大悟，开始交代她包庇、窝藏、毁灭证据的罪行。问她这之间如何与赵远腾联系？赵远腾到了何处？她回答和赵远腾电话联系，赵远腾现在已逃到了易县他父亲一个朋友家躲藏（两家认了干亲）。问她联系的电话号码，她说前几日公安局二次来找她之前，因心中害怕，已将号码纸条撕碎扔掉了。问号码数字，她回忆说是七位数的座机电话，但具体数字已记不清了，只记得前三位数是888开头，后面四位数只记得有0有6。好在那时刚兴起家庭安装电话，数量有限，远未达到后来的普及程度，所以李队长马上派人到涿州市邮局查询易县的电话号码，果然前三位有以 888 开头的。据此，除留人对赵母再行审讯，要其交代儿子详细潜逃的地址和联系人员、电话号码外，马上派民警周玉强、赵英剑、李民杰等人火速赶往近百公里远的易县去查证落实赵远腾打来电话的号码，借以摸清其藏身落脚之处。赶往易县的当天正是 1998 年的元旦，时值新年，又降了一场小雪，预示着新年新气象和瑞雪丰年的好兆头。见此情景，赴易县侦破小组的同志也感到胜利在望。到了易县，邮局一查是有 888 开头的号码。在邮局同志的帮助下，查出 888 后面有 0 和 6 的共有七个号码。获此结果，同志们大喜过望，立即清理出这七个号码的具体位置、住址。清理出来一看具体位置城乡均有，其中有三个在城内，且一个还是当地驻军一位领导的电话。遂逐个深入到户调查，与涿州无丝毫亲友和其他人事瓜葛遂均予排除。其他几部电话查起来就没如此容易了。易县是山区，地域分布面广，东西南北直线距离很远，有的近三百里，查起来颇费了一番周折。有一个在城东南角燕下都遗址凌云册村附近，查起来不远也无情况。另一个是在狼牙山五勇士活动过的五勇士村还往南的村庄，已接近满城县境，离保定市区才几十里路。跋山涉水赶过去，一无所获。又一个是需翻过太行山八隘的雄关——紫荆关的十八盘，海拔一下升高百米，再驱车西去和涞源县交界处（这里地势增高已和邻省山西处于一样海拔和地貌）。但好像是老天爷在和大家开玩笑，这样翻山越岭，踏破雄关，也是一无所获。及至赶回易县县城时已是过去两天了。这样，七部电话已查完六个都不是，只剩下一个电话未查了。这个电话位置却正好在回涿州的国道112线路边，是易县和涞水县交界的一个公路边的村庄。能这么巧就是这个电话？能提供线索吗？通过几天来的跋涉，大家觉得运气背极了，现在已是强弩之末，出现如此奇迹的可能性不大。所以，几位同志都信心不足。好在这个需查的村庄顺路，正好由此回涿州，不行只好向赵母甄立芳要结果了。第二天也就是元月三日，大家由于太疲乏起得比较晚，又到易县公安局表示了谢意，10点多才出发往回赶。到了易县与涞水县的交界处临近需调查的这个村庄时，已是11点多了。如现在就进村，可能耽误了午饭时间，还不如用过午餐后再详细去查。大家当时并未了解到，就这样一个随意的决定，竟然阴差阳错，使情势急转直下。而若当时风风火火先去调查的话，事情却可能与愿望相悖，想来世上的事真是神奇。

这个村庄所处的位置，我在《奇案实录》一书中"携小姐卷巨款潜逃案"中已做过描述。即这个位置是国道112线和高易铁路（京广线高碑店火车站至易县清西陵）的交汇处。因路上有桥，地名就叫桥头。桥下有发源于后山（学名洪崖山，是道教后土夫人也称九天玄女的道场）的易水河支流流过。因桥西面南北两侧夹112线国道突兀地立着两座南北对峙如门墩状的高不到百米的山峰，因此被称作"门墩山"。是扼守易县——古代燕国下都的咽喉古道，后又为河北、山西、内蒙古的通道。

其实当地人对这两座山峰还有进一步的解释：国道南，其山峰突兀孤立称为门墩；而国道北，山峰不是高处突兀如门墩状，却是一条五六里长、头东尾西的长条状的山峰，当地人称其为卧虎山。卧虎山名副其实：即此山突兀处如昂首高卧，状如门墩，恰好与路南门墩峰对峙，故合称门墩山。而此门墩处为虎头，向前为卧式前身和虎爪，恰如蓄势待发欲一跃而起之态。身后四五里长如虎身，有凹处一段恰如虎的腰身，再后面高处为后足虎踞。最后面渐行渐远，渐低渐窄，渐细渐长，恰似拖在后面的虎尾，蜿蜒伸展到地。整个山峰活灵活现，正是一只蹲伏的卧虎。桥东路北称桥头村属易县，路南桥头村属涞水县。卧虎山北脚下依次相邻的三个村庄，依其地形分别称为南山北、东山北、西山北，位置是卧虎的虎腰向虎尾依次摆开，均属易县管辖。

桥头处距涞水县城、易县县城各二十里路，故桥东边属涞水，一村名二十里铺村。当年正值舞厅、饭店的兴旺期，故路两旁有舞厅、饭店。刑警队掌握的最后一家未查电话的村庄恰是西山北，地处虎尾。当下周玉强等几名民警挑了一家路旁干净的饭店点了些菜和主食，因觉得易县之行可能要空手而回，最后这家电话也希望不大，所以几个人吃饭时言语不多，也食之无味。吃完饭，略候片刻，几个人便下桥头向北朝西山北村走去。要汽车跟在后面远些，以免引起村人注意。二里路转眼即至，小山村均是平房，卧虎山在南面，依山成村。一进村见一村民出来，便上前打听，某某家在哪儿？也巧，那位村民说，前边那家便是。而这家恰是路北西边最后也就是离南山最近的一家。院门开着。进了这家一看，院里三间北房，平顶无房脊，山石头垒的墙，院里除大门外，西墙中间还开了个便门，出门就可奔西南边后山，看来是为方便上山开的。正在这时，见一年轻人从房屋出来。见有生人来，这个人一愣，停住了脚步，随即又快步直奔西边便门。赵英剑和李民杰见情形不对，马上向前奔去欲拦他，那人一见，撒腿就跑。二人哪能容他跑！急跑拦在了那个年轻人面前，合力将其按倒。齐声问道："是赵远腾吧？"那个人无奈地说了声："是！"没想到电话还未查，凶犯遭擒。这时周玉强赶忙上来给赵远腾戴上了手铐，拽他起来。大家这时才一起打量这个二十多天来，被刑警队员们梦里都在想着的杀人凶手。只见赵远腾二十岁的年纪，真是近一米八的大个子。上身穿一件深蓝色的紫道相间的高领毛衣，蓝西服裤子，裤子褶线分明，外套灰白色皮上衣，是件夹克。分头梳理得很漂亮，长圆脸，皮肤白，浓眉大眼，高鼻梁，元宝嘴，身材修长匀称，不胖不瘦。虽然骤然遭擒，面带懊丧之色，但仍掩饰不住满脸的秀气。怪不得乡里间都说他是个漂亮小伙儿，看来话不虚传。人秀气配一身衣服也合身。问他要去哪里？他说父亲刚给他打电话告知，他母亲和未婚妻被公安局拘留了，所以他到山上闷坐了一阵子，这才下山进屋还未吃饭。他隔窗望见有人进院，想看一下，察觉不好这才要跑。周、赵、李几名民警暗自庆幸。

大家在桥头吃饭，按时间算，正赶上他闷坐卧虎山。要是真不吃饭就来，一来扑个空，二来即便他下了山，见院内、屋内有人也可能逃脱。真是阴差阳错，巧赶巧。遂当天押回涿州市局。

当晚提审，赵远腾见事已至此，倒也干脆。他说："和我母亲、未婚妻都无关，你们把他们放了吧，我交代经过。"倒还真是摆出了一副柏林庄汉子的模样。

原来赵远腾的祖父在城内工作，后来父亲接班，父母只有他和妹妹两个儿女。妹妹还小，在上小学，可以说家庭条件优越，所以现在建起楼房，打算拆平房，目的是建新房，正在筹备给他结婚用。赵家人都是美男子，再加上母亲也漂亮，得此基因，赵远腾现已长大，也是一个标准的美男。但事情一般不会十全十美，赵家祖辈都脾气大，好冲动，或许是基因遗传，这赵远腾也不例外。美于外表，而内躁其中。遇事小伙子好冲动，点火就着。一上来霹雳火暴，事后烟消云散。而离他家不远的这个陆长江，二十九岁，整整比他大了十岁。从小得小儿麻痹症，致使左腿有残，行走不便；但脑瓜很灵，精于盘算，在村里开游戏厅和台球厅是最早的，买卖经营得不错。但为人脾气倔，不太随和，故和乡邻关系也谈不到多么融洽。那么这样的两个人碰上，一旦碰撞出火花，可想而知。这一日正是 1997 年的 12 月 9 日晚。和往常一样，陆长江的电子游戏机和台球桌上都挺热闹，人员爆满。当年打游戏机和台球在农村和县城内都是青少年的热门活动。方法是大概一毛钱买一个金属铜钱大小的代用币，几块钱买几十个币，依次投入游戏机，打枪战、街头霸王一类的游戏。最刺激的是接连闯关。据赵远腾交代，他是晚上8点多就到了游戏厅开始打游戏。是花五块钱买的币。依次投入一直打到11点半多了，游戏厅只剩下他一个人了，可还剩下五个币没打完。但也还差一二关还没闯完，他身上没钱了，可五个币又不够。他让陆长江先借给他几个币，让他闯完关。当时陆长江在后面的小厨房里，可陆长江不答应。赵远腾说那就退币，五个币退五毛钱，可陆长江也不答应。不给退，让他走，明天再来。陆长江还骂骂咧咧地说："家走吧，还他妈打什么呀！"赵远腾有气就打了陆长江一拳。陆长江虽然年纪大，但是身有残打不了赵远腾。便从身上兜里掏出一把尖刀扎赵远腾，被赵远腾一把抓住手。这时陆长江便喊："杀人啦！"赵远腾一见如此，又气又急，便索性抄起后面案板上的菜刀。

据赵远腾讲："我用左手拿起来刀来，用刀把打陆拐子左侧的头部，打了三四下。他还嚷，我就索性用菜刀砍他，砍了两三刀，都砍在了陆拐子脖子上。之后陆拐子就躺下了，也不说话了，光大声出气，也不进气了。我当时想：怎么就这样了？就又用菜刀砍陆拐子右侧头顶部，具体砍了多少刀我记不清了。砍完后，我又从陆拐子手中拿过那把匕首来，扎在了他额头上，扎在了眉心和额头的右侧。当时我想走，看见大街上还亮着灯，有人走动，我身上又有血，就又回来了。我用陆拐子的脸盆洗了手，把水泼在放摩托车的那儿。然后进他睡觉的后边那小间屋，把被子从床上拿下来包裹在了他身上，把游戏厅的灯全拉灭了，就在陆拐子睡觉那屋大概黑灯待了有二十多分钟。我想走，又见陆拐子桌上有行车本和车钥匙，我拿起本装兜里，拿着钥匙推起摩托车就走。我在拿棉被给陆拐子盖时，一回身踩在了棉被上留下脚印。我当时就用水舀子舀水泼被子上的脚印，想冲掉，结果没冲掉。我从陆拐子床上拿了他四五百块钱和抽屉里一些几十元的零钱，就推上他屋里那辆红色的'天马'牌 125 摩托车出来了。这时大约 12 点多了。我发动着车骑上，到村旁的拒马河河滩待了会儿，抽了支烟。之后把摩托车车牌掰下来，扔在路边一堆烧过的玉米秸团里了。之后我骑车上了 107 国道，顺着国营铝厂的那条路往东骑。骑到道元村时，因听说道元庙（北魏郦道元，文学家、地理学家，《水经注》一书的作者。道元村是其故里，建有郦道元庙）建的凶，这路段常出事，因此心一慌，一下摔了个大跟头。爬起来一看，车的脚踏板坏了。打着车继续往城里走，到了开发区转盘北槐林村一个小店见亮着灯，便进去要了碗杂碎汤，两瓶可乐，一盒云烟，一碗面，花了有二十多块钱。心里有事，所以吃了足有四五十分钟。头吃饭我洗手时，见胳膊肘摔流血了。有 2 点多了吧，我骑车顺路赶到了码头镇一加油站加了油，问了加油的老头已经 4 点半了。之后才赶到码头中学，到那儿已 5 点多了。叫醒了门卫老头，说明了找尤金玉。不到 7 点我去找了尤金玉，她已经起床了。

她问：‘这么早干什么来了？’我说：‘出了点儿事，扎死人了。’她以为我在开玩笑，说：‘不可能。’我说：‘是真的，你瞧我身上的血。’当时身上有血点，她这才信了。当时她就哭了，就不说话了。待了会儿，我说：‘来时骑车摔了跟头，衣服都脏了，换一换。’大概七点多，我俩到码头镇邮电局对面的一家商店，买了一件白色夹克上衣，一件高领羊毛衫，一件黑色秋衣。她掏的钱，出店后我给了她三百元钱。又在另外一商店买了双棉皮靴。我又把车上另一块牌子拆下扔到了镇旁河里。同时在商店打了个电话给我妈，说：‘出事了，我这些日子不能回家了。’我妈问：‘出什么事了？’我说：‘扎人了。’问扎谁了，我说：‘我扎了陆拐子。’我妈问：‘为什么事？’我说：‘你就别问了，我现在在码头呢。’快中午我妈就坐公交车到了码头中学。我就把因为打游戏退币，就五个币，可陆拐子就是不退还吵起来，后来就打起来了，把陆拐子扎了。当时还没有说扎死，说时尤金玉在场。我妈待了有二十分钟，我就把我妈用摩托车送进城去我姑家了，同时把五个币给了我妈。她问：‘摩托车哪来的？’我说：‘陆拐子的。’回到学校，我和尤金玉说：‘这身换下来的血衣留着没用，烧了吧！’我骑着摩托车，尤金玉提着装满血衣和皮鞋的塑料袋到了镇北一个废砖窑，蘸点儿汽油就给烧了。一共烧了昨晚杀陆拐子时穿的皮夹克上衣、一件毛衣、秋衣、一双皮鞋、手套、袜子。陆拐子的行车本和发票也烧了。下午 1 点去洗了个澡。回到学校后尤金玉说：

‘你妈来电话了，公安局正找摩托车呢！’我就骑摩托车带着她回到城里，把车扔到了政法街南口东边，车头向东搁在了慢行道上。又回身把车钥匙放在了十字路口西一灯座下面的开关小门洞里了。之后我俩到了粮食局的姨家住下了。第二天吃中午饭时，我妈来了。她说：‘公安局查得紧，事挺严重，你得做好思想准备。’我说：‘我自己心里早想好了，杀人偿命，多活一分钟都是赚头。’我妈安排，第二天中午我坐公共汽车到涞水县小旅店住了一宿，第三天又坐公共汽车到了易县的门墩子山下的西山北村我爸爸的朋友，我的干爹尚文明家。我和他们说和人打架了，不敢说扎死人了，躲两天。干爹不知底细，还说把人打坏了，你想法多给人家点儿钱不就解决了吗？第二天通过尚文明家的电话和涿州家里不远一家的电话传话联系，我说待几天到石家庄干活儿去，告诉家里别找我了。第二天又在易县尚文明家给尤金玉打电话，要她为我准备点儿钱。告诉了她尚文明家的电话，坐车可到西山北下车。后来打电话，父亲说：‘因为你的事，连累这么多人，公安局都把你妈和尤金玉抓了。’我说：‘我不跑了，我用自己换他们去！’就这样我没再跑被抓了。”

听完赵远腾的交代，经查证，摩托车、车钥匙均被找回。焚烧衣物现场有灰烬。所涉夜间路途中吃饭、加油等证人都能证实。

只是因为这价值五角钱的五个代用币，硬充好汉杀了一个残疾人，这算什么好汉？有什么价值？他轻取了陆长江的性命，却也破坏了自己的家庭，葬送了自己和未婚妻的大好青春。人们常说，人生本是一场戏，尽管这么说消极了些，可这场戏一般都是需耗时六七十年才落幕。按现在的生活条件，有的能耗八九十年才算终点。可赵远腾的人生当初只不过是为了到游戏厅打一场几块钱的电子游戏玩耍一番，可谁料想最后就为了几个代用投币，未忍得一时之愤，结果，人生的一场长轴大戏变成了短暂的折子戏。赵远腾本人也成了人生中的匆匆过客。

秋后，赵远腾这个标准的美男子被执行了死刑。不少乡亲惋惜地说："一个漂亮小伙儿却为一个残疾人偿了命，太不值了！"乍看起来挺可惜，可残疾人的命也是命啊！任何人都没有剥夺他人生命的权利！这一切都是因为五个总价值五角钱的游戏投币。一言不合，即发火争吵，继而非决出胜负，睚眦必报，最后闹出人命这值得吗？本案的教训令人深思。

后　记

随着《奇案迷踪》的脱稿，我的从警手记系列由第一集《奇案直击》、第二集《奇案实录》，进入了第三集。

原来写第一集的初衷是：对自己二十年的公安工作及后来的政法工作中总是萦绕于心、挥之不去的案件做一回顾，以告慰逝去的领导和战友，激励现在的青年同行。从几十年的时间跨度上再现那个时代的特色和风貌，留下那个年代的印记，对后人了解那个时代可能多少有些帮助。

但我实在没有想到会写到第三集。是否再续，视情况而定。

前两集和与《奇案直击》同年出版的诗文政论集《燃枝集》都没有请人作序，因怕有拉大旗、作虎皮之嫌。现在已出版至第三集，成了姊妹篇，自己也有了自信心。同时，也觉得应该请行家对自己的作品作一评判了。因此才请多年老友、中国作家协会会员、保定军校研究会会长、原保定作家协会副主席任牧辛同志给作品作序。也等于是把作品在行家面前过过考！任牧辛同志曾任新城（今高碑店市）容城两县常务副县长，保定地区行署副秘书长兼研究室主任，蠡县县委书记，保定市委党校常务副校长。从政之余从青年时代起即笔耕不辍。无论诗歌、散文、杂文、政论，几十年来著述颇丰。近年来，又投身于“保定抗战风云谱”等大部头编著和保定军校及其人物研究上。所以，无论是从政、为文都是佼佼者。因此才请他来为我的作品作评判。其实，除去这第三集由他修改、删除、定稿，当初《燃枝集》从书名的确定到内容的修改、删定，直至自序中的有些语言都出自他之手，正是因为经过了他的精心打磨，书中的字句才有了光泽。

可能是爱屋及乌之故，多年故交，相知甚深，才对我的作品如此热情称道并作出了这样高的评价。对此，我认为是对我的鼓励和厚望。为不辜负老友厚望，不辜负老领导、同学、同事和读者们的期望，我定当努力，争取再续新篇。

向任牧辛同志再次表示衷心的感谢！